Ina Müller wurde 1965 in Köhlen (Landkreis Cuxaven) als vierte von fünf Bauerntöchtern geboren. Muttersprachlich Plattdeutsch aufgewachsen, erlernte sie ihre erste Fremdsprache (Hochdeutsch) im Alter von sechs Jahren, der Einschulung sei Dank.
Nach ihrer Ausbildung zur Pharmazeutisch-Technischen-Assistentin (PTA) lebt und arbeitet sie in Bremen, auf Sylt und in Hamburg, bevor sie dort 1996 den Kittel an den Nagel hängt und bis 2005 als eine Hälfte des Musikkabaretts ›QueenBee‹ durch Deutschland tourt.
Ina Müller lebt in Hamburg und in München, schreibt und liest seit 2000 plattdeutsche Geschichten für die NDR-Sendereihe ›Hör mal 'n beten to‹, ist immer mal im NDR Fernsehen zu Gast, geht auf Lesereisen und gastiert mit einer plattdeutschen Leseshow mit Musik in Norddeutschland.
2001 wurde ihr der ›Niederdeutsche Literaturpreis‹ der Stadt Kappeln verliehen. Ihre Geschichten liegen in mehreren Büchern und Hörbüchern vor.

Ina Müller

Schöönheit vergeiht Hektar besteiht

Quickborn-Verlag

Die plattdeutsche Schreibweise der Autorin
ist unverändert übernommen worden.

10. Auflage 2008

ISBN 978-3-87651-292-1

Umschlagfoto: Sebastian Damberger
Gesamtherstellung: CPI – Clausen & Bosse, Leck
Der Umwelt zuliebe
auf chlorfrei gebleichtem Papier gedruckt
Printed in Germany

Inhalt

Mien Fööt un ik

Ik kiek op mien Fööt un bün richtich neidisch. Höört sik blööd an, ne? Is over so, ik bün richtich neidisch op mien Fööt.
Venovend jeedenfalls.
Se hebbt dat nämlich jüst wedder schafft, vör'n Feernseher intoschlopen, wiel dat Feernsehprogramm mol wedder so langwielich weer.
Dat'n jem nich noch schnorken höört is allns!
Ik sülvst bün noch nich inschlopen, wiel ik mi över den ganzen Mist, de dor lopen deit mol wedder opregen do. Un wenn'n sik opregt, kann'n nich inschlopen.
Ik sitt also in mien Bett, kiek op mien Fööt, bün jümmer noch neidisch, kiek wedder op'n Bildscheerm, reeg mi noch mehr op un bün jeedeenmol wedder 'n beten mehr wook, as vörher.
Ik heff woll al an de 1000 Mol ümschallt, jümmer wedder ümschallt, un heff hofft, dat dor mol wat kummt, wo 'n vör hangen blieven kann ... ode 'n beten wat bequemer ... vör liggen blieven kann.
Wenn dat nu mol noch keen Feernbedeenung geev, ne, denn weer dat för mien Fööt over ok vörbi mit dat Inschlopen, dat will ik jem man mol seggen.
Denn harrn de over örnich wat to doon ..., Zappen ohn Feernbedeenung ... Kinners, dat geiht in de Been un höllt op de Fööt ...

Jo, ik höör jo al: »Denn schallt den Kasten doch ut, dumme Deern, ode lees mol 'n Book, ode goh doch in't Kino.«
Jo, ji hebbt jo recht, over wenn ik afschallten will, denn geiht dat blots bi Feernsehn.
Denn kann ik nich lesen. Wenn ik bi't Lesen afschallt, denn heff ik mi dor al bi foot kregen, wo ik dat schafft heff ölben Sieden mit de Ogen to lesen, ohn dat in mien Gehirn ok blots een Woort ankomen is. Kennt ji dat?
Un Kino …
'n tietlang bün ik mol mit annere in't Kino gohn, over Regina kickt Filme jümmer blots in de ›Originalfassung‹, also op inglisch … ode beter seggt ›Nuschel-Inglisch‹ … ik verstoh överhaupt nix un wenn ik ehr froog: »Was? … was hat er gesacht?«, denn ›psst‹ se mi jümmer blots an, un ik weet ok, worüm …
Wiel se jüst so weenich versteiht as ik, dat over nich togeven will. Un dat reegt mi denn ok al wedder op.
Un as ik denn mit Ralf in so'n normolet Kino goh, sitt ik dor un ›psst‹ all de annern üm mi rüm an, wiel dat so luut is un se all an't Freten sünd.
Un weet ji eegentlich, wat ik glööv, woso dat dat Kino överhaupt noch gifft? Wo wi doch all in't Huus ok schöön Video un DVD kieken köönt?
Wiel en in so'n Kino, wenn dat Licht utgeiht, so dull rümsauen kann, as 'n dat in't Huus doch ni nich dä.

»Mein Gott«, seggt Ralf, »wenn Dir das alles nicht passt, denn leg Dich ins Bett und guck Fernsehen!«

»Das geht nicht«, segg ik, »da schlafen mir immer die Füsse ein!«

»Der Feind in meinem Bett«

Dat gifft ’n Film mit Julia Roberts, de heet: »Der Feind in meinem Bett«. Dat is ’n Krimi, un de Feind, de dor bi ehr in’t Bett liggt, dat weer ehr Mann, de eegentlich nett weer, over ehr trotzdem ümbringen wull!

So … nu segg ik jo wat!

Wenn se domols al wüsst harrn, wat ik vendoog weet, denn harrn se den Film so wohrschienlich gor nich mehr dreiht!

De würkliche Feind, den nich blots Julia Roberts, sünnern wi all in unse Betten liggen hebbt, dat is nämlich de Milbe!

Wat segg ik, de Milbe! Jeedeen vun uns hett Millionen dorvun in sien Bett! Üm dat genau to seggen: annerthalf Millionen Hausstaubmilben hett jeedeen vun uns in’n Dörchschnitt in sien Bett binnen!

Also das Wort ›Single‹ mutt ’n doch nu ok mol niet överdinken, un dat de Singles jümmer seggt, dat dat schlimmste för jem is, dat se nachts alleen schlopen mööt … tja, dat stimmt jo nu ok nich ganz! Mit annerthalf Millionen Milben tohoop in’t Bett dor passt dat Wort ›alleen‹ woll nu ok nich ganz!

To’n Glück sünd düsse Viecher so lütt, dat ’n de ohn Mikroskop gor nich sehn kann.

Sünsten kunn ik dat nachts in't Bett gor nich utholen, wenn de dor all an't rümwöhlen weern un mi womööglich de Deek noch weg treckt!
Op Latainisch heet de Milbe jo: Dermatophagoides! Dat heet översett: Hautfresser! Un dor sünd wi ok al wedder merrn in den Krimi!
So'n Milbe, de kummt nich nachts an uns ran un fritt uns op, nee, dat weer jo to eenfach!
So'n Milbe kann töven! De luurt un luurt, as so'n Mörder mit sien Mess achter de Döör, bit uns de Huut vun ganz alleen affallt, un düsse Huut, de fritt se denn op.
»Is jo nich so gefährlich«, hòör ik jo al seggen! Nee, dat Freten nich, over dat wat dor bi ehr denn achtern rut kummt, dorvun kriegt wi de Allergien, anaphyllaktische Schocks, Atemnot! Un dat kann ik mi ok goot vörstellen.
Wenn annerthalf Millionen Milben mi dat Bett vull kackt! Dat kann nich gesund ween!
Inglische Wissenschaftlers hebbt nu rutfunnen, op wat för 'n Oort en den Milbentohl in't Bett reduzeern kann ... du schallst eenfach dat Bett nich mehr moken, seggt se.
Denn verdröögt de Milben! Denn kummt dor örnich Luft ran!
Wenn du dat Bett nämlich jeedeen Morgen örnich schier trecken deist un mookst, seggt de Forschers, denn blifft de Feuchtigkeit nich blots in dien Bett sünnern ok in de Milben! Un Milben bruukt Feuchtigkeit!
Nu worr ik mien linken Arm un mien rechtet Been

dor op verwetten, dat düsse Forschers, de dat rutfunnen hebbt, dat dat Männe ween sünd!
Un dat dat nich mehr lang duurt, bit se ok noch rutfind, dat man vun't Staubsaugen ›blutige Ekzeme‹ kriegen deiht, un dat ›Müllrünnerbringen‹ impotent mookt! Wetten?

Allns genetisch

Wenn ’n so ganz an’n Anfang vun so’n niege Beziehung steiht, denn is ’n jo so herrlich bit boven hen mit Hormone vull pumpt.
Denn leevt ’n doch eegentlich blots vun Liebe, Luft un Hormone …
Probeer dat mol ut, wenn du richtich dull verliebt büst, denn müss du nix eten, du geihst nich doot, dat hett de Natuur so inricht, un wenn du doch doot geihst, denn weerst du ok nich dull noog verliebt.
Woso kann’n sik over överhaupt so düchdich verlieben, wo se jümmer seggt, Männe un Fruuns passt eegentlich nich tohoop?
Un wenn ik nu jüst wedder in’ne Zeitung lees, dat de Mann all 20 Sekunnen an Sex dinken deit, denn will ik dat woll geern glöven, dat mit dat »nich tohoop passen« ! Aver ik mutt mi würlich wunnern.
All 20 Sekunnen, Kinners, dat heet doch dree mol in de Minut, heet 180 mol in de Stünn schall de arme Mann an Sex dinken! Ik leeg mi eerstmol in de ›stabile Seitenlage‹ üm dat beter to verknusen un schick gau ’n Stoßgebet to’n Himmel, dat de leve Gott uns Fruuns dat nich andoon hett!
Ik dink jo oftins mol an dat sülve … also an Schoh t.b., ode an Eten, over doch nich all 20 Sekunnen.

Un as ik dor noch so rüm lieg, mütt ik jichtens an unsen Physiklehrer vun domols dinken, also nu nich sexuell, in't Gegendeel, sünnern wiel de stünnenlang versöcht hett, uns dat ›Ohmsche Gesetz‹ to verkloren, dorbi over all 20 Sekunnen an Sex dinken müss, de arme Kerl.
Wat 'n Wunner, dat wi dat all nich kapeert hebbt, wenn he so unkunzentreert bi de Sook weer! He fung denn jümmer dat Bölken an, logisch, dat weer denn woll de ›Äussere Explosion för sien innere Krise‹.
Un he kunn dor jo noch nich mol wat för.
Sülvst wenn de Mann ok geern mol an wat anners dinken much ... he kunn dat nich!
Dat is nämlich allns genetisch bedingt.
Se hebbt sik nämlich de DNA-Kette vun so'n Mann nochmol richtich ankeken, un dor hebbt se dat bi rutfunnen ...
Un dat harr ik jem glieks seggen kunnt. Dor bruuk ik so'ne DNA-Kette nich för ut'n anner to puhlen, üm to glöven, dat in so'n Mann ganz annere Gene rümschwubbeln dot, as in uns Fruuns.
Kiek mol, dat ›Zum-Friseur-GEN‹, dat hett so'n Mann nich.
Un dat ›Einkaufen-GEN‹ ok nich. Dorför hett so'n Mann denn mehr vun dat ›Fremd-GEN‹ in sik ... dat eenzige Gen, seggt de Wissenschaftlers, wat Mann un Fruu beide hebbt, is dat ›auf'n Geist-GEN‹ ...

»Frann« ode »Mau« ode »Mansch« ode so!

En kunn jo eegentlich meenen, dat wenn 'n öller warrt, dat denn de ganzen Frogen, de 'n so in't Leven hett, ok mol 'n beten wat weeniger warrt!
Un dat 'n denn – ik segg mol – proportional jichtens mol mehr Antworten to Hand hett.
Denn mookt dat Öllerwarrn weenichsen een Sinn!
Over is dat nich veel mehr so, dat sik ut jeede niege Antwort, de du kriggst, wedder 1000 niege Frogen stellt?
Ik lees annerdoogs in de Zeitung, dat so'n Minsch, also egool of Fruu ode Mann, also dat wi all man blots 'n poor mehr Gene op unse ›DNA-Kette‹ rüm liggen hebbt, as so'n eenfachen Worm.
Dat kann doch nich angohn, dink ik!
Dor steiht also in de Zeitung, dat wi Minschen genetisch in de sülve Liga speelt, as so'n Worm! Wi Minschen sünd quasi de ›FC. St. Pauli‹ vun de Schöpfung.
Eerstmol heff ik lang an mi dolkeken, of 'n dat villicht sogor sehn kann, un denn bün ik no'n Spegel hen ... un denn heff ik mi wedder hensett un heff wieder leest ... un denn keem de Homer ... dor stünn doch wist un wohrhaftig, dat wi Minschen twors mehr Gene op de Keed hebbt, as 'n Worm,

over weeniger as ’n ›gewöhnliches Ackerunkraut‹.
Bitteeee?
Un dor worr ik nu over doch ’n beten wat wunnerlich.
Weeniger Gene as ’n Unkruut? Dat kann doch nich …
Wenn ik dor so an dinken do, wo ik fröher bi’t Runkelnhacken op’t Feld stünn un een ›Ackerunkraut‹ no dat annere ut de Eer hacken dä, Kinners!
Wenn so’n Unkruut nu so toll un klook ween schall, also klöker un toller as ik mit mien poor blöde Gene, dennso mütt ik mi doch frogen: Woso hett sik so’n Unkruut domols, as ik mit de Hack op em dol bün, nich eenfach henschmeten un luut bölkt: »Aua, nein nich, do mi nix Ina, ik heff veel mehr Gene as du, ik bün veel toller un veel klöker as du, mook di nich unglücklich, loot mi an’t Leven!«
Woso nich? Dat verstoh ik nich!
Woso löppt hier in de Stadt nich so’n Ackerunkrut mol över de Stroot un geiht Inköpen? So’n ›gewöhnliches Ackerunkraut‹ mit ’n Plastiktut in de Hannen.
Un woso sitt in’n Fleger nich mol so’n Unkruut blangen mi un seggt: »Ach, entschuldigung, würden Sie mir bitte kurz das Handelsblatt rüber reichen, ich wollt noch ’n bisschen lesen.«
Un wenn de Wissenschaftlers dat allns so genau weten dot, wo dat mit de Gene bi’n Worm un bi’n

Minschen un bi'n Unkruut is, woso find se denn nich eennich mol 'n Antwort op de wichtigste Froog, de uns Minschen beweegt: Männe un Fruuns passt eenfach nich tohoop … over woso nich?

Woso fangt se denn nich eennich dormit an, to krüzen.

Also nu nich Mann un Worm, dat hebbt wi jo al, sünnern Fruu un Mann!

Dat wi dat leidige Thema weenichsens mol vun'n Disch hebbt. So as se dat mit dat Obst ok al mookt hebbt. Un dor hett dat doch wunnerbor funktschioneert … schmeckt goot, süht lecker ut.

Un düsse Krüüzung nöömt se denn »Frann« ode »Mau« ode »Frensch« … ode noch beter »Mansch«!

Dat is 'n goden Noom för so een Krüüzung.

Un dütt »Mansch«, dat liggt denn rülpsend op'n Sofa, zappt de ganze Tiet twüschen »Frau TV« un Football hen un her, zupft sik den Overlippenboort, mischt sik 'n Beer mit Sekt, söcht de ganze Tiet den Sportdeel in de Gala un wörr sik to geern kratzen, weet over nich mehr wo!

April – April

Weet ji, wat mit de gräsichste Moonot vun't Johr is? De April! Un dat nich blots wiel he nich weet wat he will, nee!
Dat Schlimmste an'n April sünd de Regenscheerms! Egool, wo du henkickst, överall Scheerms. De Regenscheerm is doch woll dat lästichste un gefährlichste ›Utensil‹, wat de Minsch överhaupt erfunnen hett.
Nich blots, dat ik dat blöde Ding, jüst wenn ik dormit ut'n Huus lopen bün, ok al jichtenswo wedder liggen loten do, nee!
Sünnern wiel de meisten Minschen ehrn Scheerm veel mehr as Waffe gegen ehre Mitminschen nehmt, un weeniger as Waffe gegen den Regen.
Sünd ji mol op 'n Sünnovendmeddag los un dör de Footgängerzone lopen?
Wenn't jüst mol nich regen deit! Denn loopt se mit ehre spitzen Stockscheerms op mi dol, as weer dat 'n Lanze, un ik bün blots noch dorbi, rechtiedich, no de Siet weg to hüppen.
Ik bün dorvun al ganz ut de Puust un dörschweet, as achter mi ok noch een meent, he müss sien Scheerm mol örnich utschüddeln.
Un wenn't denn wedder anfangt to regen, denn geiht de Krieg eerst richtich los … ›auf die Schirme fertig los!‹

Dat de Ogenkliniken an so'n Daag nich vullstännich överlopen sünd ... dat se dor in de Footgängerzone nich al glieks so lüttje, mobile ›Erstehilfebeiausgepiekstenaugenstation‹ opbuut. Un Schuld hebbt ...? Mol wedder de Männe!
Fröher weer dat jo so, de Fruu harr en Scheerm un de Mann worr natt ... un schleep ehr de Inkööpstuten no Huus.
Dor weer dat noch so'n natüürlichet Gliekgewicht twüschen Minsch un Scheerm.
Nu, wo sik so'n David Beckham over eerstmol den Zopf niet binnt, bevör he Anloop nimmt, üm 'n elf Meter to scheten, hett de normole Mann ok keen Problem mehr dormit, sik 'n Scheerm över'n Kopp to holen, dormit he nich natt warrt ... un lüttje ›Leichtgewicht‹-Kuffers op Röllen, de ik jümmer ›Mädchenkoffer‹ nöömen do, achter sik her to trecken, bevör he sik ovends denn in't Fitness-Center stellt, üm siene verkümmerten Schlabber-Arms op Vördermann to bringen.
Ik heff de Nääs vull, sett mi in'n neegsten Bus un jüst as ik mi noch gau schwören will, ni wedder bi Regen op'n Sünnovend Inköpen, kleevt ok al de klitschnatte Scheerm vun so'n Beckham-Verschnitt an mien Schienbeen, so dat mien Büx nu ok noch utsüht, as harr dor jüst 'n Hund gegen miegt!
Naja ... Hauptsook, he is dröög bleven ...

»Coffie to go«

Wat weer eegentlich so slecht an unsen goden, olen Koffie?
Dat weer doch eegentlich jümmer ganz schöön, so'n normolen Koffie to drinken. So een, de blubbernd dör de Koffiemaschien leep, un wenn de Maschien an't Enn so gurgeln un pussen dä, denn wüss en ok, sooo ... Koffie is kloor, 'n beten Melk rin, schmeckt goot un goot rüken dä dat ok noch.
Ik dink an dat Leed ›Der Kaffee ist fertig, klingt das nicht unheimlich zärtlich‹.
Vendoog rüükt dor nix! Un zärtlich is de Prozess al gor nich. Wenn mien Fründ mi morgens den Koffie an't Bett bringt, denn is dat för mi keen Överraschung mehr. Denn höör ik em doch al 'n halve Stünn vörher in de Köök rümklötern, un pressen un opschüüm ... dor löppt denn al de Motor mit de Druckdüse ... un dreemol höör ik em luut ›Scheisse‹ ropen, wiel dat Woter mol wedder nich ut dat lüttje Lock rutlöppt, wo dat eegentlich rutlopen schall, sünnern sik dör all de annern Ritzen vun sien nieget Lieblingsspeeltüch quetschen deit.
Lever 'n örnichen Muckefuck in the Morning, as düssen nich funktschioneernden Hightechschiet.
Un wenn du rut ut'n Huus büst, denn warrt dat jo noch schlimme.
Amerika, ich hör dir trapsen ... bi all düsse Koffie-

lodens, wo du eegentlich för studeert hebben müss, un tominnst dree Fremdsproken bruukst, üm di dor 'n Koffie to bestellen. In den niegen Loden, de bi mi hier jüst open mookt hett, dor heet de Koffie nich mehr Koffie ... nein, dor heet he: ›Stardust con low-fat latte decafe medium size‹! ›Scheisse in Pappbechern‹ weer woll de betere Noom dorför.

Un wenn se en denn noch düssen Plastikdeckel dor rop haut, düssen Plastikdeckel mit Tittbuddelfunktschion ... dat du den Koffie dor rutsugen kannst, ohn di vull to klein.

Wo is eegentlich mien ›Verwöhnaroma‹ afbleven?

Wo is dat Kännchen ›vollendeter, veredelter Spitzenkaffee‹ henkomen?

As ik annerdoogs mol wedder vör düssen Loden stoh un mi dat niegeste ›Coffie to go‹-Angebot ankieken do, un jüst dink: »Ja, genau, ›Coffie to go‹, ›Koffie to'n weglopen‹«, dor blifft 'n Fruu blangen mi stohn, un leest ok un froogt mi denn: »Sagen Se mal, haben die denn nur Kaffee aus ›Togo‹ hier, oder haben die auch normalen Kaffee?«

Spargel

Leste Week weer ik mol wedder op'n Wekenmarkt un jichtenswat weer anners!
Ik wüss man noch nich genau wat, over …
Ik stoh an mien Lieblingsgemüsestand un sä dat, wat ik de ganzen lesten Weken jümmer seggt heff: »Guten Tag, ich hätt gern ein Pfund Spargel!«
Un denn seggt de Germüsemann: »Tut mit leid, die Spargelzeit is vorbei!«
»Yes«, bölk ik, »Ja, ja, jaaaa …«, un weer dat ganz Gemüse nich twüschen mi un mien Gemüsemann ween, denn harr ik em woll noch een opdrückt … eennich! Eennich kann ik mol wedder wat anneres eten!
Eennich mutt ik keen slechtet Geweten mehr hebben wenn ik mol eenfach 'n Cyrrywuss mit Pommes eten do!
»Gifft jo keen Spargel«, wörr ik mit'n vullen Mund to mi sülvst seggen un mit Freid wedder in mien Wuss rinbieten, un mi dorbi frogen, of en eennich mit'n vullen Mund mit sik sülven schnakken dröff, ode of sik dat ok nich gehöört!
Ik harr al Angst, dat dat dütt Johr gor keen Enn nimmt mit de Spargel-Tiet!
Mit den Spargel is dat jo so, as mit godet Weder! Bi godet Weder dink ik jümmer: »los, Ina, du musst rut no buten, bi so'n Weder!«

Un wenn dat Spargel gifft, denn dink ik jümmer: »los, Ina, du musst Spargel eten, solang dat noch Spargel gifft!«
Wovun kummt dat, dat wi hier in Düütschland so scharp sünd op Spargel?
Mol ganz ehrlich, Spargel schmeckt doch eegentlich no nix, mookt twors ok nich dick, over ok nich satt, un nu, wo de Spargel jümmer billiger warrt, hett man nich mol mehr dat Geföhl, dat man nu over ganz wat besünneres eten hett. Un denn jümmer dat Gedo, vunwegen, dat de Spargel ›unbedingt‹ ut Düütschland komen mutt, wiel de sünsten so dröög un so stockich is! As of dat överhaupt noch en vun uns schmecken kann.
Mi wunnert jo, dat se nich noch dorbi schrievt, of dat Polen ode Russen weern, de den ›wertvollen‹ Spargel stoken hebbt …
Dor gifft dat bestimmt ok noch 'n poor Experten, de meent, dat se dat rutschmecken köönt!
Un wat ik mi jümmer froog: wo kriggt so'n, ik segg mol, ›unopfälliget Gemüse‹ dat eegentlich hen, dat mi dat meist jeedeenmol quer ut'n Latschen haut, wenn ik mol even Pipi mookt heff. Ik harr al jümmer Angst, dat se seggt, dat Spargel radioaktiv is, ode gifftig … bit ik annerdoogs in de Zeitung lees, dat se in ›Uchter Moor‹ bi Hannover 'n Moorleiche funnen hebbt, de dor al siet 2000 Johr an't vergammeln is. Also, de liggt jüst dor, wo bovenöver de Spargel wasst … nu wunner ik mi ok nich mehr, wenn ik op Klo goh …
Moorleiche … dat kummt hen!

Jenseits von Afrika

Wenn dat so üm de ›Städtediskussion‹ geiht, wat för een Stadt hett nu den gröttsten ›Freizeitwert‹ ... Berlin, Hamborg, München ... denn liggt München, wo ik siet meist söss Johr leven do, jümmer ganz vörn.

Wat'n Glück, segg ik jo, dennso weet ik weenichens, worüm ik hier 3,80 Euro för'n Koffie betohl, un woso mi dat Gemüse, wat ik hier op'n Viktualienmarkt köfft heff, ofschoonst dat ik dat schöön week kookt heff, jümmer nich so recht dör'n Hals dör will, wenn ik bi't Eten dor an dinken do, wat dat wedder köst hett.

Un ik froog mi jümmer wedder, wo Uschi Glas dat eegentlich finanziell trecht kregen hett, sik in München johrelang vun ›Flugananas‹ to ernährn, wo de hier 8,20 Euro dat Stück köst.

Mannigmol, wenn ik dat hier vör ›Freizeitwert‹ un ›Schöönheit‹ knapp noch utholen kann, denn riet ik eenfach mol dat Finster open un loot mi den Fön, vun den man hier so schöön Koppweh kriegen deit, üm de Ohrn weihn un de Abgase vun de gröttsten un düersten Autos, de dor ünner mien Finster langs jogen dot, treck ik mi ok nochmol örnich dör de Nääs.

Vendoog sünd dat de Abgase vun twee Geländewogens, de dor ünnen al siet twintig Minuten stoht un 'n Parkplatz söökt. Dat kann duurn!

Wat is dat eegentlich för'n Schwachsinn, dink ik, as ik de beiden bi'n Töven tokieken do, mit so groote Geländewogens merrn in de Stadt, dor bruuk ik al keen Fön mehr, dor koomt mien Koppweh vun ganz alleen, wenn ik de sehg!

Ik verstoh dat nich!

Ok in München sünd de Kantsteens so niedrich, dat 'n dor goot ohn »4-Rad-Antrieb« rop kummt.

Un blots wiel hier af un an mol 'n Zebrastriepen op de Stroot is, mütt'n sik doch nich glieks föhlen as Daktari!

Hier in München, dor kloogt de Polizei nu sogor, dat se geern mehr ›Verkehrsünder‹ bi't to gau föhrn blitzen muchen, un dat dat over nich geiht, wiel se keen Parkplatz finnen dot, üm sik dor mit ehr Autos to'n Blitzen rin to stellen.

Un wo ik hier boven so stoh un de beiden Crocodil-Dundees dor ünnen dorbi tokieken do, wo se keen Parkplatz kriegt, is för mi kloor, dat mien neegstet Auto op jeeden Fall 'n Panzer warrt!

Denn kannst' to't Parken glieks boven op de annern Autors ropföhrn, müsst nich lang söken und steihst noch nich mol in't Halteverbot!

Sommer in de Stadt

Ik weet jo nich, wo dat ›Tief‹, wat nu jüst över Düütschland wegtrecken deit, heet, of nu Wilfried ode Gerhard ode so, over wenn ik mi bi so'n ›Tief‹ persöönlich bedanken kunn, ik wörr dat doon.
Ik wörr Wilfried ode Gerhard sogor frogen, of he nich 'n beten hier bi uns in Düütschland blieven much, sik ruhich mol hensetten un sik 'n beten utrohn.
Kinners, nu mol ganz ehrlich, wenn mi een Deel kloor worrn is in de lesten Weken, denn doch, dat so'n hitten Sommer nich in de Stadt ringehöört! Un al gor nich in'n noorddüütsche Stadt.
Dat kann 'n doch al marken, wenn 'n mol even mitten inne Week bi so'n Warms een Statschion mit'n Bus föhrn deit. Dor kriggst doch al 'n Dolschlag ... fief Minuten twüschen düsse schwetigen, klebrigen, stinkigen Minschenmassen, un ik bün ferdich för de Nacht. Bi mi weer't annerdoogs al sowiet, dat ik mi de Ohrstöpsels in de Nääs steken heff! Ik kunn't nich mehr utholen.
Fiefundörtig Grod, dat schafft so'n noorddüütschet, minschlichet, inneret Betriebssystem eenfach nich, un de nich minschlichen Betriebssysteme ok nich.
As ik annerdoogs in'n Tuch seet bi, na, geföhlte veeruntachentig Grod un den Schaffner frogen dä,

of he de Klimaanloog nich mol 'n beten wat höger dreihn kunn, dor seggt de doch to mi: »Bei solchen Temperaturen da draußen, da macht so'ne Klimaanlage nu ma schlapp! Das schafft die nicht!«
»Aha«, dink ik, »over för wat, wenn nich för ›solche Temperaturen‹ hett so'n Tuch denn so'n Klimaanloog?«
Un an't Wekenenn is dat jo noch schlimmer, dor will so'n Stadtminsch ok mol rut, an't Woter ... over hebbt ji al mol op'n Sünndag bi fiefundörtig Grod jichtenswo in't Ruhrgebiet an jichtenseen See legen?
Nee?
Ik over!!!
Wat, bitte schöön, is so toll dor an, sik an so'n schöönen Sünndag an so'n blöden See to packen? Ik lieg op de Eer in't Gras un hau de Miechlippen doot, de mi jümmers över jichtenswat röver loopt, un nich een eenzig ›Lüftchen‹ weiht mi üm de Ohren. Ik reeg mi de ganze Tiet op, över den Schiethuusgeruch, de dor vun den veel to düren Kiosk röver kümmt, ode över de annern Lüüd, de to luut sünd ode mit ehre Wulldeken to dicht an mien Wulldeek ran koomt.
Un as ik denn in't Woter goh, dor froog ik mi, Minsch, is de See nu woll so pisswarm vun'ne Sünn, ode ehrder vun'ne ... uuuuaaaahhhh ... un denn fangt mien Been ok al vun ganz alleen an in de Richt vun't Ufer to lopen ... un to'n eersten Mol an düssen hitten Dag löppt mi dat richtich schöön koolt den Puckel hendol!

Männeflööt in Sommersandolen

Siet 'n poor Weken is dat so wiet. Ik loop jümmer mol wedder an mien Klederschapp vörbi un striekel ganz langsom, over leidenschaftlich un mit veel Vörfreid över mien Rollkrogenpullis.
Ik heff jem al ›winterfest‹ mookt, so as de Männe dat mit ehr Autos dot ... heff jem wuschen, schöön an de Luft dröögt un in möhsom Handarbeid de lütten Wullwürsten afzubbelt ...
Noch is dat buten to warm ... over mien Rollis un ik, wi köönt töven.
Noch kann ik mi de Tiet jo mit mien Freid doröver verdrieven, dat de Sommer nu oplest vörbi is. Wat nich an den Sommer liggt ... also ik mag den ›gemäßigten‹ Sommer in de Stadt!
Schöön buten sitten, wenn't nich to hitt is, in't Café ... dor geiht mi dat so lang goot, bit dor wedder de eerste Mann blangen mi to sitten kummt, de sien grooten, nokelten, hoorigen, oftins noch mit Hornhuut övertrockenen, witten Quanten in Sandolen steken hett, un de blangen mien Stohl bummeln lett, so dat ik dor jümmer ropkieken mutt un mi de Apptiet vergeiht.
Un dorüm frei mi, dat de Sommer vörbi is.
Dat ik dat nich mehr sehn mutt un dat de Männe wedder örniche Schöh anhebbt!

Jungs, Männefööt sünd nu mol meist ni nich schöön. Un dat mööt se ok jo nich!
De leve Gott hett wist nich an wat Schöönet dacht, as he jo de Fööt to'n Weglopen geven hett.
Goethe hett mol seggt: »Ein schöner Fuß ist eine große Gabe der Natur!«
Un wenn jo düsse ›Gabe der Natur‹ nu mol fehlt, mütt 'n denn so'n nokelten, grooten, käsigen Männequanten noch in so lüttje, opene Sommersandolen rinsteken?
Ik meen, ik heff nu ok 'n Mann in't Huus, un de hett ok Fööt, to'n Glück, segg ik jümmer. Over düsse Mann, den lieb ik ok, un denn gehöört sien Fööt nu mol mit dorto. Dat is as bi'n Football. Ik lieb Bayern-München ... un dor höört Oliver Kahn nu mol mit dorto!
Over düsse frömden Männe, de sik mit ehre nokelten Fööt in so'n Café blangen mit setten dot, de lieb ik nich, un ehre frömden Fööt, de se dor ünnen an ehre witten, langen, behoorten Been hangen hebbt, de lieb ik al överhaupt nich.
Un ik segg jo wat: Dat heet jo jümmer, wi Fruuns, wi stoht op Handwerker- und Buuarbeider-Sex ... un dat dot wi ok.
Over nich wiel düsse Jungs dor jümmer in den Sünn mit ehrn nokelten, dörtraineerten Overkörper an de Stroot rüm stoht, neeeee, sünnern wiel düsse Jungs noch richtich faste Sekerheitsschoh anhebbt, mit 'n örniche Stohlkapp dor vörn op. Dor koomt de gor nich so gau rut, denn sünd wi al an jem vörbi.

Over wi Fruuns sünd dor ok sülven Schuld an.
Wiel wi so blööd weern un jümmer seggt hebbt, dat Schlimmste op de Welt sünd Männe mit Tennis-Socken in Sandolen.
So, un nu hebbt wi den Solot!
Nu koomt se ohn Socken!
So hebbt wi dat nich meent!
Jungs, loot de Socken ut, over treckt jo örniche faste Schöh an, so as de Italieners dat dot. De mookt dat richtich. De kööpt sik ’n Poor örniche ›Schweinsleder-Mokkasins‹, stiegt dor barfoot rin, un wenn de Sommer vörbi is, denn schmiet se de Dinger weg.
Goot, dat is nu nich jo Mentalität, dat weet ik, over denn treckt jo weenichsens wedder Socken an.
Un fangt nu nich ok noch so an as Ralf. De keem annerdoogs to’n Koffie-Drinken to loot over barfoot in Sandolen un seggt: »Och, entschuldigung, ich bin spät, aber ich musste mir noch die Füsse rasieren!!!«
Kinners, villicht kööns wi dor jo noch wat an doon.
Güstern heff ik höört, dat ›Bauchfrei‹ in’n neegsten Sommer kumplett ›out‹ is! Siet de ›Girlies‹ vun’t ganze Alkopops-Supen to fett worrn sünd för düsse lüttjen, korten H&M Spagetti-Tops, will dat nüms mehr so recht sehn.
Also seggt se in den ›Frauenzeitschriften‹ eenfach: dat is nu ›out‹ un denn is dat ok ›out‹.
Un so kööns wi Fruuns dat doch nu ok mit de Tennissocken moken!

Wi mööt blots nu, över Winter, jümmer wedder un överall seggen, dat wi nix sexiger finnen dot, as Männe mit Tennis-Socken in Sandolen.
Un to Wiehnachten un to'n Burtsdag kriggt he blots noch Tennis-Socken vun uns.
Un wenn dat funktschioneert, denn köönt wi uns ok wedder op'n neegsten Sommer frein!

Winterdepression

Ik bün jo nich jüst een Sommerminsch, over ik bün jo noch weeniger 'n Winterminsch.
In'n Sommer is mi dat jümmer to warm, un in'n Winter is mi dat jümmer to koolt un ik warr ok noch depressiv. Also nu nich so richtich, over ... jo ... ik nööm dat depressiv!
Un dat liggt nich dor an wiel dat so koolt is, nee, sünnern wiel dat nich richtich hell warrt. Ik krieg in'n Winter eenfach to weenich Licht.
Un dat is nich so, dat ik nich versöken do, wat dorgegen to doon!
Ik bring meist den ganzen Winter dormit to, jichtenswat to finnen, wat mi dor ut miene Depressionen wedder ruthoolt: De lesten Weken heff ik jeden Daag fief Minuten lang in 'n sösstig Watt Glühbirn rinkeken.
Dat schall hölpen, heff ik leest. Fief Minuten an'n Daag in hellet Licht rin kieken ...
Wiel ik over sösstig Watt Birnen blots in mien Wandleuchte binnen heff, de meist 1,80 Meter hoch hangt, krieg ik jeedeenmol 'n stieven Nacken, wenn ik dor op'n Stohl stohn do, un denn versöök, dor jichtenswo vun boven in den Lamp rin to glotzen.
Woso mookt wi Minschen eegentlich keen Winterschloop?

Dor harr de Evolution ok mol 'n beten wieder dinken kunnt!
So as de Tiere dat mookt, as so'n Bär, ode so!
Denn kunnst' du den Sommer över de Sünn geneten un di so richtich den Panz vull haun un Fett warrn un ok noch jümmer gode Luun hebben, wiel: wenn de November-Blues kummt, denn packst' du di, fettfreten, as du büst, schöön no'n Bett hen un mookst dien Ogen eerst in't Fröhjohr wedder op.
Keen Winterdepressionen, keen Schneematsch, keen Wiehnachten, keen Küll un keen Glühwien …
Un dat Beste dor an: wenn du denn hooch kümmst, in't Fröhjohr, denn kannst' schlank un stromlinienförmich wedder los lopen, in den schöönsten Sommer rin, un di den Panz wedder vull haun, un di de Sünn dor op schienen loten, un gode Luun hebben … so as de Tiere dat mookt …
As wi dree, also mien stieven Nacken, mien Depressionen un ik güstern wedder tohoop in't Bett liegt, lees ik in de Zeitung, dat Schokolood-Eten in uns Minschen ok 'n Licht anzünden deit. Wiel Licht un Schokolood in unse Gehirn 'n ›Gute-Laune-Schalter‹ anknipsen deit.
Man, dat harrn se mi man ehrder seggen schullt. Schokolood eten, dat kann ik, dor heff ik noch ni nich 'n stieven Nacken vun kregen.

Hamborg, mien ole Hanse!

Ik weer eennich mol wedder veer Weken an't Stück in Hamborg.
Eegentlich leev ik jo in München, over vör ik no München trocken bün, heff ik lang in Hamborg op St. Pauli leevt.
Nu heff ik mi villicht nich jüst de schöönste Tiet utsöcht, üm mol wedder in mien ole Hanse to ween.
De November is hier al wat för de ganz Harten. Eerstmol warrt dat den ganzen Dag överhaupt nich hell un ik heff toeerst jümmer dacht, ik stoh woll to loot op.
Ik heff dacht, dat weer woll al hell ween, un wenn ik opstoh, denn is dat al wedder düster. Ik heff denn over 'n Testreihe anfungen: Ik bün jeedeen Morgen 'n beten wat fröher opstohn, un?
Sülvst as ik morgens Klock söss opstohn dä, weer dat nich mehr hell.
Dat is'n beten so, as wenn mien Fründ sik in de Sünn packt. Denn is de eerst witt, denn warrt he root un denn warrt he wedder witt.
So is dat in'n November in Hamborg ok!
Dor is dat eerst düster, denn warrt dat grau un denn warrt dat wedder düster.
Schall ik jo mol vun mien Theorie vertellen? Over dat blifft ünner uns!

Ik glööv jo, de Stadt Hamborg stickt sülvst dor achter. Un nich blots achter dat Weder!
De Nutten, de dor an Burger-King an Speelbudenplatz stoht, in ehre Ski-Anzüge, de warrt doch vun de Stadt betohlt. Vertellt mi doch nix!
Dormit dat för de Touristen wat to kieken gifft! Dormit so'n Tourist ok wat to vertellen hett, wenn he wedder no Huus kummt: »Du, und mir is da was passiert, da hat mich 'ne echte Nutte angesprochen … ich wusste gar nicht …«
Ik heff dor nu lang noog leevt un mi is dat al lang opfullen!
Dor stoht ok jümmer de glieken Fruuns un dor fehlt ok ni nich eene. Un wenn dat regent, denn hebbt de all den sülven Regenschirm mit de sülve Werbung dor op! Acht' dor man mol op!
Un ik segg jo noch wat: Wenn dat dor op'n Kiez mol wedder to ruhich warrt, jüst an so'n Sünnovendovend, denn kannst dat goot marken, denn hebbt de dor irgendwo een sitten, een vun de Tourismuszentrale vun de Stadt Hamborg ode so, un de gifft denn Anweisung över Funk:
»So, könnte da mal bitte ein Peterwagen durch die Hein-Hoyer fahrn, aber diesmal bitte mit Blaulicht und Martinshorn! Und die Feuerwehr bitte, die Feuerwehr bitte einmal die Davidstr. hoch! Und zack, zack, uns schlafen hier die Touris ein …«
So, leve Tourismuszentrale Hamborg. ›Imagepflege‹ op de Reeperbohn, dor heff ik jo vullet

Verständnis vör, over dat mit dat Weder in Hamborg, wenn ji jo dor man nich sülven 'n Ei leggt!
Dor weer 'n beten weeniger ›Imagepflege‹ bilütten anbröcht!

Wiehnachtsglocken

De Scheidungsanwälte köönt nich mehr! Se koomt dor nich mehr gegen an!
Se harrn jo woll noch ni so veel to doon, as lest Johr twüschen Wiehnachten un Niejohr!
Jeede drütte Scheidungsandrag in Düütschland keem in't leste Johr direktemang no Wiehnachten!
De Rechtsanwälte, de wüssen nu eenfach nich mehr, wo jem de Kopp stünn, un se hebbt to'n eersten Mol 'n richtige ›Hotline‹ as ›Soforthilfe‹ inricht.
Dat de Ehepoore weenichsens jehr'n Scheidungsandrag al mol mündlich op'n Anrufbeantworter los warrn kunnen.
Un nu stellt sik doch de Froog: wo kann dat angohn? Woso so veel Krach glieks no Wiehnachten?
»Das Fest der Liebe« un denn so wat?
Wenn dat nu fröher so ween weer, dennso harr mi dat gor nich sooo wunnert.
Fröher, as de Fruu to Wiehnachten noch jeedeen Johr jichtens 'n blöde Kökenmaschien vun ehrn Mann ünnern Dannenboom liggen harr.
Un sülvst de drütte niege Mixer, de hett doch domols den Huussegen noch nich to'n scheef liggen brocht.

Over vendoog?
De Statistik seggt jo, dat ›niege Autos‹ un ›niege Busen‹ de Renner ünnern Wiehnachtsboom weern.
Un wat gifft dat dor nu an to motzen? Mh?
Ik meen, dor is doch würklich vör jeedeen wat dorbi!
Een kriggt dat ›niege Auto‹ un de anner den ›niegen Busen‹.
Woso loot se sik over as de Wilden scheden, wenn se doch so schööne Geschenke kregen hebbt?
Weet ji wat ik glööv?
So'n ›nieget Auto‹ un ok so'n ›niegen Busen‹, Kinners, dat köst doch 'n Barg Geld!
Wenn he nu also sien Gootschien ünnern Dannenboom liggen harr, wo opstünn: »Gutschein über ein neues Auto«, dennso kann dat goot ween, dat he glieks no Wiehnachten mit sien ›niegen Smart‹ direktemang no'n Scheidungsanwalt fohrt is.
Un wenn se ehrn Gootschien ünnern Dannenboom liggen harr, wo opstünn: »Gutschein über einen neuen Busen«, denn kann ik mi dat goot vörstellen, dat se op den tweeten Busen nich bit neegsten Wiehnachten töven wull.
Oplest wull se jo 'n Poor niege ›Wiehnachtsglokken‹.
Un blots een dorvun, dat süht doch unsymetrisch ut, un klingt doch ok nich!

Dörpskind ode Stadtkind

Ik sitt in 'n Taxi un höör, wo 'n Mann in't Radio vertellt, dat he Psychologe is, un nu rutfunnen hett, dat Kinner, de op'n Land opwussen sünd, 'n betere Motorik hebbt as Stadtkinner ... 'n betere Koordination twüschen Hand un Gehirn, ode Fööt un Gehirn ...

»Na weenichsens wat«, lach ik, un mutt sofort an de Geschicht dinken, de ik för 'n poor Weken in de Zeitung leest harr.

Dor seet 'n Dachdecker jichtenswo in de Stadt bi de Arbeid op 'n Dack un versöch sik mit sien Gasbrenner gegen een Schwarm vun Wüpsen to wehrn, de dor mitmol op em to flegen dään.

Eegentlich 'n gode Koordination vun Hand un Gehirn, de Mann kümmt vun'n Dörp, harr de Psychologe woll nu seggt, wenn nich een vun de Wüpsen dör sien Gasbrenner Füür fungen harr un nu brennend wedder trüch in't Nest flogen weer, wo eerst dat ganze Wüpsennest anfung to brennen un denn ok noch dat ganze Dack.

Over is dat woll würklich so, dat mit de betere Koordination?

Blots wiel wi Kinner op'n Dörpen oftins mol de Chance harrn vun Trecker to fallen, ode bi't lopen över de Weiden jeedeen Dag de Koordination twüschen unse Fööt un unse Gehirn trainieren

kunnen, üm nich in jeedeen Kohschiethopen to petten, de sik mitmol ut'n nix för uns opdoon dä.
Un müss du as Kind vendoog inne Stadt nich jüst so goot mit dien Fööt ünnerwegens ween, as de Kinner op'n Dörpen?
Dat kann sik so'n Stadtkind doch vendoog gor nich mehr leisten, bi all de Hunnschiet, de dor op'n Footpadd rümliggt!
Vun wegen Stadtbummel ... Hindernisrennen mütt dat heten!
Un as mien Taxifohrer mi jüst vertellt, dat he ut Istambul kummt, wat nu weeniger 'n Dörp is, over dat he trotzdem 'n gode Koordination hett un al siet veeruntwintig Johr unfallfree is, un dat he eegentlich Dachdecker is, un ik dat Lachen anfang, dor sett sik nich wiet vun uns jüst wedder 'n Hund in Position un kickt sien Herrchen ganz verlegen an.
Ik wörr an sien Steed ok verlegen kieken. Ik kunn dat ok nich.
So twüschen all den frömden Lüüd un denn merrn op'n Footpadd!

Een Auto is een Auto is een Auto!

Ik heff jo nu al sülvst lang keen Auto mehr. Gor nich ut Prinzip, sünnern wiel ik eenfach keen Auto bruken do.

Blots mannigmol, wenn't gor nich anners geiht, denn miet ik mi een.

Of ik nich eenfach 'n lüttjet, normolet Auto hebben kunn, mit veer Rööd un twee Sünnenblenden, froog ik den Mann vun de Autovermietung, as he dorbi is, mi all de Extras to verkloren.

»Hier, elektrische Sitzverstellung«, seggt he, un »Hier, vollautomatische Sitzventilation«.

»Sitzventilation?«, segg ik.

Ik sett mi gau rin in dat Ding un frei mi, dat 'n mit de Hand noch eenfach de Sünnenblende dolklappen kann.

Eegentlich frei ik mi noch mehr, dat dat Auto överhaupt noch 'n Sünnenblende hett.

Nu harr ik dacht, dat mien Autovermietungsmann woll markt, dat ik ok överhaupt keen Lust mehr harr, em noch wieder to to höörn, over vun wegen!

He plant sik eerstmol blangen mi op den Bifohrersitz un seggt: »Hier, Regensensoren« … heet, wenn dat regent, denn goht automatisch de Schievenwischers los. »Hier, Lichtsensoren« … heet, wenn dat düster warrt, geiht vun sülvst dat Licht an.

Mi hung de Kinnlood al op de Fööt, as ik em froog, of he den eegentlich wüsst, dat ik keen Astronaut bün, un dat ik nich vör harr, mi noch extra en to mieten, de so'n Auto ok föhren kann.

»Ach, das ist ja noch gar nichts«, seggt he, »die nächste Generation ist noch weiter«.

»Och«, segg ik, »wo ist die denn schon?« De hett wohrschienlich al 'n ›Waldsensor‹, dat wenn du in't Holt föhrst de Bifohrersitz – zack – automatisch in Liegeposition kummt.

»Fast«, seggt he, »die nächste Generation hat schon 'n ›Beifahrersensor‹«, un de erkennt denn, of dat ›betriebswirtschaftlich‹ Sinn mookt, dat de rechte Airbag överhaupt los geiht, wenn 'n mol 'n Unfall hett, also of dor överhaupt en blangen mi sitten deit.

»Betriebswirtschaftlich?«, segg ik, »das ist ja langweilig!«

Spannend weer't doch ween, een Sensor to entwikkeln, de nich faststellt DAT dor een blangen mi sitt, sünnern keeneen dor woll blangen mi sitt. Un denn müss so'n Sensor quasi in mien' Sinn, ik segg mol ›emotional‹ entscheden, of de Airbag nu rutkummt, ode nich.

Denn weern wi hier in Düütschland ok jichtens dat leidige ›Schwiegermutterproblem‹ los.

Ik segg blots: »Mutti, komm du ma nach vorne.«

Dat nenn ik Fortschritt, vun wegen: »Renault – le création de Automobil«.

De Polizei in Bodebüx

As dat annerdoogs mol wedder to hitt weer hier in de Stadt, un ik blots rut bün, üm mi düsse Ieswürfel-Gefrierbüddels to köpen, de 'n sik so schöön mit 'n Stirnband üm 'n Kopp binnen kann, dor dä mi nich blots de Busföhrer in sien Uniform leed, sünnern vör allns de beiden Polizisten, de dor in vulle Montur an mi vörbi lepen.
Of de woll neidisch sünd op ehr griechische Kollegen? Ik harr nämlich jüst leest, dat de Polizei in Griechenland af sofort in Bodebüx un Bikini op ›Streife‹ lopen dröff.
Op jeeden Fall de, de in Athen rümloopt un dor den Strand bewachen mööt.
Dat is eegentlich klook, dink ik un kiek mien beiden Polizisten hier noch mol langen achterran, wiel eerstens kann'n nich glieks sehn, dat dat Polizisten sünd un twetens löppt sik dat doch wist ok beter, wenn du blots mit Bikini un Bodebüx achter so'n Verbreker achterranlöppst.
Of dat nu ok beter utsüht, dat kümmt woll ganz op den enkelten ›Körperbau‹ vun de Polizisten an. Jüst bi de weiblichen Polizisten.
Ik meen, wenn du as Fruu in'n Bikini dat Lopen anfangst un nich jüst Kete Moss heetst, kannst du doon, wat du wullt, dat süht eenfach jümmer albern ut!

Un de männlichen Polizisten? De köönt sik frein, dat se nich in Thailand leevt. Dor hett de Polizeibehörde nämlich nu all de Beamten mit ’n gröttere Buukümfang as 101 Zentimeter dorto verdunnert, an so’n Afspeck-Programm mit to moken. Een Johr lang mööt düsse dicken Polizisten jeedeen Dag ›gymnastische Übungen‹ moken, de Ernährung ümstellen un sik vun Akupunkturnodeln piesacken loten.
As ik mi nochmol no mien beiden Polizisten ümkieken do, dor hebbt de ehre Mützen al ünnern Arm un ’n Ies in de Hand, proportional to ehrn Buukümfang beide tominnst veer Kugeln, un mol ganz ehrlich, in Bodebüx much ik de beiden nich in Griechenland, nich in Thailand un al gor nich in Düütschland dör de Stadt lopen sehn.
Un ’n mütt jo ok mol wieder dinken.
Wenn dat mit de Bodebüxen eerstmol bi de echte Polizei sowiet is, dennso duurt dat nich lang, un de Feernseh-Polizei löppt dor ok mit rüm, wiel so’n Krimi jo ok ›authentisch‹ ween schall.
Över wüllt wi dat sehn?
Wenn de ›Bulle von Tölz‹ mit ’n Stringtanga üm ’n Tegernsee lopen deit?

Methan-Pupse

»Hier steht, dass eine Kuh im Jahr 114 kg Methangas pupst«, seggt mien Fründ, un kickt dorbi nich mol vun sien Zeitung hooch.
»Im Sportteil?«, froog ik.
»Jupp«, seggt he, »läuft unter ›tierischer Hochleistungssport‹«.
Kinners, mi worr ganz anners! 114 kg Methangas, pupst vun een Koh in't Johr! Wi harrn domols 30 dorvun in een lütten Kohstall stohn!
»Wir hatten damals 30 davon in einem kleinen Kuhstall stehen«, bölk ik em in't Gesicht rin, »wie kannsu da so ruhig bleiben?«
Wi harrn domols den ganzen Kohstall vull mit lebennige Methan-Bomben!
Biowaffen quasi! Un he bitt hier in alle Roh in sien Brötchen.
Un denn loop ik los ... 'n Taschenrekner holen ...
30 x 114 ... 30 x 114 ...
segg ik jümmer wedder sinnich vör mi hen ...
»3420 kg, sprich 3,4 Tonnen«, kummt dat ut de Köök vun em, noch vör ik den Rekner överhaupt funnen harr ...
Wo ik dat afkann, düsse Klookschieteree ... ›sprich 3,4 Tonnen‹ ...
»Tja, wer's nicht im Kopf hat«, seggt he, as ik mi wedder an'n Disch setten do!

»Ach, wer's nich im Kopf hat«, segg ik, »un wer's nich inne Beine hat, der kricht vielleicht mal Gefässverschluss«, segg ik, »und wird dann bettlägerich«, segg ik, »und muss dann von mir gepflegt werden«, segg ik, »und nu sach mir ma, was da noch so über Methan in der Zeitung steht, solange Du noch alleine sitzen kannst, duuuuu ...«
»Mein Gott«, seggt he, »hier steht, dass Methangas durch Magenbakterien im Pansen entsteht, die Ozonschicht kaputt macht und das Methan leicht entflammbar ist ...«
»Leicht ent-flamm-baaaa ...«, bölk ik.
Un Papa un Heini Brüns hungen domols stünnenlang över de Stalldöör un schmöken een no de annere weg, ohn dat se wussen, dat dor över uns Deerns, de wi to melken ünner de Köh seten, al 'n riesige Methangasglocke vun 3,4 Tünn an bummeln weer, de jeedeen Momang in de Luft gohn kunn ...!
Kinners, dat is doch ok keen Kohstall mehr!
Dat is doch 'n Kraftwark ... 'n ›Hochsicherheitstrakt‹ ... dor mutt 'n doch 'n Stacheldroht ümto binnen ... un ›Warnhinweisschilder‹ mööt dor ok hen ... sowat as ›Do not lean out‹ ... ode ›Don't use the elivator in case of fire‹ ... un wat se dor sünsten jümmer schrievt.
Koffie, ik bruuk in düssen Momang mehr Koffie ... un 'n Zigarett. Kunn jo nix passeern hier bi uns in de Kööк ... weern jo keen pupsende Köh to sehn ...
»Methangas entsteht übrigens auch schon bei nor-

malen Lebewesen«, seggt mien Fründ un kickt dorbi lang op mien Zigarett!
»Ich, oder was?«, froog ik, »hab ich etwa ’n Pansen?«, froog ik wieder, »bin ich ’ne Kuh, oder was?«
Un denn seggt he ganz lang nix, bitt sich düchdich op de Lippen, schluckt denn tominnst dree dicke Beleidigungen dol, vör he seggt: »Naja, beim Vegetarier würd ich meine Kippe nich ins Klo schmeissen, obwohl, ’n bisschen mehr Feuer unterm Arsch würde Dir vielleicht gar nicht schaden …«
»Sehr lustich«, segg ik.
»Und weißt Du was ich hier grad les in meiner Zeitung? Hier steht, dass 85 % aller Frauen ihren Arsch zu dick finden, und 10 % aller Frauen finden ihren Arsch zu schwabbelich, und nur 5 % aller Frauen finden ihren Arsch, so wie er ist ganz ok, und sind froh, dass sie ihn geheiratet haben!«
In den Bericht stünn nu noch binnen, dat de Köh nu impft warrt, un dat de denn weeniger Bakterien hebbt, un dat de denn weeniger Methan produzeert, also ok weeniger Methan pupst.
Un dat is jo nu woll Quatsch. Wenn so’n Koh dütt ›Edelgas‹ nu al in sik binnen hett, denn mütt’n dat doch ›reciclen‹.
Ut de Gülle hoolt de Buur doch ok sien Biogas … denn schullen se doch dat Geld lever statts för de Forschung to’n Impfen, för de Forschung to’n ›Pups-Reciclen‹ utgeven.
Wenn sik unse Forschers man ’n beten mehr an-

strengen dään, denn wörrn se dat ok henkriegen, 'n Trecker to entwickeln, de mit reinet Methangas föhrt.
Denn föhrt so'n Buur mit sien Trecker mol even gau in Kohstall rin, lett 2 bit 3 Köh in den Tank rinpupsen … und – zack – steiht de Mais!

De Buhmann

Wenn ik vendoog jichtens vertell, dat wi in Huus fief Deerns weern, also dat ik noch veer Schwestern heff, ne, un dat wi all fief, ik segg mol, nich negen Moonot, over knapp teihn ut'n anner sünd, denn kriegt se sik jümmer all gor nich wedder in!

Wenn ik over denn noch vertell, dat wi fief Deerns lange Johrn in een Kinnerzimmer schlopen hebbt, denn fallt jem de Kinnlood jümmer meist dol bit op de Kneen!

5 Deerns, opdeelt op 3 Betten, in 1 Zimmer.

Un jeede vun uns harr jo so ehr Marotten. Wissenschaftlich worr en woll seggen ›Trauma‹, ik wörr seggen, wi harrn all fief jichtenswo een an'ne Klatsche.

Een weer de ganze Nacht luut schmatzend an't Nuckeln, een weer stünnlang in't Bett an't hen-un herwüppen, een mookt jeede Nacht dat Bett natt, een schmeer de Wand vull mit allns, wat sik schmeern leet un de öllste, de weer de Petze.

De Petze weer dorför dor, dat dat ruhich weer in'n Karton. Wenn wi mol wedder nich schlopen wulln, denn bölk se jümmer ganz luut: »Wenn noch eenmol en vun jo wat seggt, denn roop ik den Buhmann!«

Ik weet nu nich, wat toeerst dor weer. Eerst de Klatsche un denn keem de Petze mit den Buhmann, ode keem de Klatsche womööglich vun de Angst för den Buhmann?
Op jeeden Fall hett dat so goot funktschioneert, dat wi för den Buhmann riesich Schiss harrn, ofschoonst wi em ni nich persöönlich kennenleert hebbt.
Mannigmol harr ik meist extra wat seggt, blots üm em mol to sehn … un dormit he ok mol wat to doon kreeg.
Ik kunn mi domols al nich vörstellen, dat'n Buhmann Lust harr so'n Leven lang jichtenswo boven bi uns op'n kolen Böhn to sitten, ohn Feernsehn, ohn Radio, un dat he blots dor op töven dä, dat de Petze em villicht mol ropen deit.
Un woso hett de Petze den Buhmann nich ropen, wenn dat wat to doon geef op'n Hoff?
Dat he uns mol bi't Melken hölpen dä, ode bi't Kalberfodern!
So'n Buhmann mutt sik doch ok mol 'n beten bewegen un wat doon, sünsten kannst doch ovends gor nich schlopen.
Nu heff ik mi de lesten Johrn over jümmer wedder froogt: wo is de Buhmann eegentlich vendoog?
Sitt de womööglich jümmer noch bi uns op'n Hoff, boven op'n kolen Böhn?
Un töövt sik dor de Fööt platt?
Ode is he denn doch jichtens mol uttrocken un hett 'n ›Ich-AG‹ gründ?

»Rent a Buhmann«, ode so!
Ode … weet ji wat? Ik kiek glieks mol in't Internet, ünner »www.Buhmann.de«.
Villicht kann man sik den Buhmann dor jo rünnerloden? Ik harr em doch so geern noch mol persöönlich kennenlernt!

De Pisspottschnitt

Mien Kinnertiet weer schöön!

Wi harrn de Sünn in't Hart, den Schalk in'n Nakken, wi harrn Gülle an de Hannen un Kohschiet an'ne Fööt. De Melk, de harr bi uns domols noch 3,8 % Fett un dat kunnst' uns Kinner ok goot ansehn!

Un wi weern over nich blots körperlich mopsich, wi harrn ok noch de passlichen Frisuren dor to.

All veer Weken weer dat wedder so wiet. Denn keem düsse traumatische Sünnovend-Ovend. Dor seten wi fief Deerns, as wi tovör duscht un schrubbt worrn weern, bi uns in't Huus in de Köök, mit 'n blanken Moors op den Kökendisch … un denn keem Papa mit sien Huusholtsscheer un fung an, uns de Hoor to afschnieden.

Nu mütt 'n sik eerstmol frogen, woso woll Papa un nich unse Mama uns de Hoor schnieden dä … weer unse Papa doch nich jüst för sien ›filigrane Handarbeit‹ bekannt!

Over de Antwoort weer kloor: Unse Papa hett den ›Pisspottschnitt‹ erfunnen!

Den Pisspottschnitt? Kennt ji den noch? Dat weer de Vörlöper vun Mirelle Matthieus ›Prinz-Eisenherz‹-Frisur.

Un nu froog mi nich wo, over jichtenswo hett unse

Papa dat schafft, sik ’n ›virtuellen‹ Pisspott vör to stellen (ik weet nich, wo groot dat Trauma noch worrn weer, wenn he uns den Pott ok noch würklich opsett harr).

Op jeeden Fall harr he düsse göttliche Gave un fung eenfach an los to schnieden, un ferdich weer de eerste!

Karin, de Öllste, un kunn rut lopen, to’n Blarrn!

Dorno leep de tweete rut to’n Blarrn, de drütte, de veerte un … de föffte!

Ik harr domols dat Geföhl, unse Papa hett woll dacht, dat wi all rutloopt un blarrt, wiel wi uns so freit över de niegen ›Kunstwerke‹, de he dor op unsen Kopp trechtschneden harr.

Unse Buurnhoff weer to’n Glück so groot, dat sik jeede vun uns ’n eegen Eck söken kunn, wo wi uns rinsetten dään to Blarrn.

Ik höör mi jümmer noch: »Ik koom hier nich ehrder wedder rut, bit mien Hoor un mien Würde wedder no wussen sünd!«

Hett natüürlich ni funktschioneert!

Over weet ji wat argerlich is?

Dat Buur Nikolaus sik op sien Frisur domols keen Patent anmellt hett.

Denn weer he vendoog villicht sogor ’n ›gemachten Mann‹ west!

»Who the fuck is Udo Walz?«

Annerdoogs heff ik nämlich ’n Zeitschrift sehn, dor weer vörn op ’n Fruu, de harr jüst de sülve Frisur, as wi domols.

Un weet ji, wat de Överschrifft weer: 100 Top-Frisuren!
Kinners … 100 Top-Frisuren … dor hebbt se sik woll verschreven … dat müss doch 100 Pot-Frisuren heten!

Feng Shui op'n Buurnhoff

Ik heff mi 'n Book över Feng Shui köfft. All schnackt se blots noch vun Feng Shui, un nu wull ik mol mitschnacken.
Vör'n op dat Book is 'n frisch friseerte Fruu in'n Chanel-Kostüm op un binnen in dat Book stoht veele chinesische Klookheiten ... wat ik in't Huus allns moken kann, dormit mi dat noch beter geiht.
Ik schall mi so lüttje Ecken buun, seggt »Frau Shui«, een för de Karriere, een för de Liebe, een för dat Geld, un ik schall mi Klangspele ophangen, dormit de Energie in Bewegung blifft.
Ik schall Zimmerbrunns opstellen, dor, wo de Energie besünners goot fließen schall.
Ok will »Frau Shui«, dat ik mi örnich Spegels ophangen do un – ganz wichtich – dat ik den Klodeckel jümmer dicht moken do, dormit mi de ganze niege Energie mit samt dat ganze Geld nich glieks wedder dör dat Klo afhauen deit.
An besten, mütt ik seggen, hett mi over dat Kapitel över dat ›Space-Clearing‹ gefullen.
Dor schallst du di henstellen un de Ecken utklatschen, dormit sik de Energie dor nich staut.
Minsch, harrn se uns dat man allns al mol wat fröher seggt, domols, as ik noch in't Huus leevt heff, op'n Buurnhoff!

Wat harr dat ganze Leven domols schööner ween kunnt, harrn wi de Stallfinsters doch mol örnich opreten, dat de Feng Shui Drache dor mol in Roh dörflegen kunnt harr, mh?
Denn harrn de Köh wist ok mehr Melk geven!
Un wat weer dat för'n schöönet Bild ween, düsse frisch friseerte Feng Shui Beraterin so bi uns op de Deel, mit ehr lüttjet Chanel-Kostüm, för de Bost ehrn Block, wo se sik de Notizen moken dä, wat allns ännert warrn müss, un wo se Papa denn wiesen dä, wo he mit sien groote Hannen de Ecken utklatschen mütt.
Dat harr wist 'n örniche Schlagzeile in de ›Land und Forst‹ brocht: ›Bauer Nikolaus beim Space-Clearing!‹
Un solang as Papa an't Klatschen weer, güng Mama bi un hung de Spegels in Swienstall op, dormit de Swien mehr Energie kriegt un noch wat fetter warrt, ofschoonst, wenn de dor dör man nich depressiv worrn weern. Wenn de sik 'n ganzen Dag in'n Spegel sehn harrn? Wo se vun Dag to Dag jümmer fetter warrt?
Dat kennt wi doch all vun uns sülvst. Dor warrt 'n doch depressiv!
Also lever de Klangspele in'n Swienstall rin un de Spegels … in'n Kohstall.
Un överall op de Deel verdeelt wörrn lüttje Zimmerbrunnens plätschern, an de Papa denn rasant, over mit gode Luun, mit de Schuuvkoor ümtoföhrn dä.
De Energie-Ecken, de harrn wi em direktemang an

den Griff vun sien Schuuvkoor ranhomert, dormit he mol 'n beten wat gauer schuven dä.
Blots dat Ding mit de Klodeckels, of wi dat in'n Griff kregen harrn?
Buur Nikolaus harr dör »Frau Shui« woll nu mehr Geld un ok mehr Energie in sien Stall, over dat wörr em jo ok allns direktemang mit de Kohschiet, dör de Rosten dör, in de Güllekuhl rin, wedder afhaun.
Dor harr he gor nich no klatschen kunnt.
Kannst jo nich för jeede Koh 'n Extra-Klodeckel in buun!

Wo heff ik dat blots överleevt?

Ik stoh an de Ampel un mi güntöver steiht 'n lütten Jung un telefoneert mit sien Papa.
Nu froogt ji, worüm ik dat woll weet, dat he mit sien Papa telefoneert?
Sien Papa steiht hier bi mi an de Ampel. Dat geiht üm den niegen Computer, den se sik glieks köpen wüllt, un as dat gröön warrt, dor loopt se beide los, droopt sik in de Midd vun de Stroot, steekt de Händis weg un schnackt vun dor an ok eerstmol nich mehr.
Je fokener ik dör de Stadt loop, je fokener froog ik mi, wo ik mien Kinnertiet överhaupt överleven kunn. Domols, vör dörtig Johr, as ik noch lütt un schier över de Weiden lopen bün.
So ganz ohn Internet, Feernsehn, Videospele un Händis. Un ohn DVD un Playstation un wat dat dor noch alns gifft.
Wat 'n Wunner, dat ik domols as Kind nich eenfach jichtens vör lange Wiel doot ümfullen bün.
Un wo gefährlich unse Kinnertiet domols weer: De Autos, de unse Öllern harrn, de harrn keen Kinnersitz, keen Gurte un al gor keen Airbag.
Un op't Rad hebbt wi ok keen Helm op hatt.
Woter keem bi uns ut'n Woterhohn un nich ut'n Buddel. Un wenn doch mol jichtenseen wat ut'n Buddel to drinken harr, dennso drunken wi dor all

mit'n Mund ut. Sogor ohn Angst to hebben, dat glieks een vun uns doot ümfallen deit.
Wi hebbt lebennige Meckens freten, wiel wi weten wullen, of de dor woll ok lebenning wedder rut keemen.
Dat Wort ›Aufsichtspflicht‹, dat geef dat domols noch gor nich, un wenn ik gröön un blau no Huus keem, wiel de annern mol wedder ropen hebbt: »Ina Möller, schitt in Töller«, denn worr dor nüms verkloogt, denn hett Papa blots seggt: »Büst jo sülven Schuld!«
Un wenn wi no de School to'n Spelen ut'n Huus rut sünd, denn weern wi weg! Un nüms wüss, wo wi weern. Wi harrn ok keen Händis, dat se uns dat frogen kunnen.
Un eerst wenn de Laternen in de Marsch an güngen, denn hett Mama seggt: »Wo sünd de Deerns eegentlich? De schullen doch to'n Melken in'n Huus ween!«
Domols kunn'n ok eenfach so no de Novers röverlopen. Stellt jo dat mol vör, eenfach so, ohn dat wi vörher 'n Termin mookt harrn. Sogor ohn, dat wi Gaby ode Herma 'n SMS schickt harrn. Wi sünd dor eenfach so rin, sogor ohn to klingeln. Wiel de jo meistiet gor keen Klingel harrn! De Dören weern eenfach jümmer open.
Un wenn wi Völkerball op'n Hoff spelen dään, denn müssen de, de dat nich so goot kunnen, un de dorüm nich mitspelen dröffen, dor schöön sülvst mit ferdich warrn. Therapeuten geef dat domols nich!

Blots Enttäuschungen, un de hebbt uns al mol stark mookt för dat richtige Leven!
Wi hebbt uns domols bi't Spelen noch buten de Knoken broken un uns gegensiedich de Tään rut-haut.
De Knoken breekt se sik vendoog jo blots noch bi'n SMS-Schrieven, wenn se den Knütten, den se dorvun in de Fingern hebbt nich wedder rut kriegt.
Un de Tään, de haut se sik sülvst rut, wenn se den ganzen Dag vör'n Computer sitten dot un jichtens in de Nacht so mööd sünd, dat jem de Kopp vörn över op de Tastatur knallt.
Over Tään bruukt se jo eegentlich vendoog ok nich mehr ... so'n Big Mac lett sik jo ok wunner-bor lutschen, so as domols de Meckens. Blots, dat 'n sik bi so'n Big Mac nich to frogen bruukt, of de dor woll lebennich wedder rut koomt.

Jümmer mehr Frünnen!

Ik koom jo to nix mehr, Kinners. To gor nix.
Siet ik düssen Computer heff un den Internet-Anschluss ... sietdem heff ik eenfach to vele Frünnen.
Ik kann se al gor nich mehr tellen.
Eerst weern dat blots miene Frünnen vun de ganzen Aktien-Fonds.
As dat so modeern worr, mol hier 'n beten wat un mol dor 'n beten wat in 'n Aktien-Fond to packen.
As wi all unse goden, olen Bausparverdräge mit veel Verlust oplööst hebbt, wiel nu Aktien-Fonds ›in‹ weern.
Domols füng mien ersten Breeffründschaften an.
Mit Frau Aktivest, Herrn Wachstum, de ganzen Dynamics, Fidelitis un mit Franklin. Franklin Templeton.
De schrieft mi nu al siet 'n poor Johr, jümmer wedder, un vertellt mi, wo mien Geld dat so geiht, un denn geevt se mi Tipps, dat wenn ik jem noch 'n beten mehr nieget Geld dorto geven do, dat mien olet Geld dat denn noch beter geiht.
Mannigmol schickt se sogor richtich dicke Böker. ›Halbjahresberichte‹, de verstoh ik överhaupt gor nich, dat mag ik jem over nu, no all de Johrn, ok nich mehr seggen.
Un Inlodungen! Jümmer wedder Inlodungen.

To de ›Jahreshauptversammlungen‹, wiel se mi woll ok eennich mol persöönlich kennen lern muchen.
Ik schriev jem denn jümmer trüch, dat ik leider keen Tiet heff, un dat se sik man ohn mi versammeln schüllt.
Ik glööv jo, alleen dat Porto un dat Papier, wat se mi jümmer schickt, is al mehr wert, as all mien ›Pipifax-Aktien‹, wat överhaupt ok 'n schöönen Noom för so'n Aktiengesellschaft weer.
So, un nu koomt neven düsse ganzen Breeffrünnen noch de ganzen Internet-Frünnen dorto.
De schrievt ok meist jeedeen Dag. Vun överall her, vun'ne ganze Welt, un de sünd so nett un wüllt mi jümmers hölpen, ohn dat ik jem dorüm froogt heff, un se hebbt so urige Nooms:
Willi Wu froogt, of ik Pillen bruken do, üm mi beter to föhlen; Susi Summer froogt, of ik nich villicht mol Sex hebben much; Giga Goodwin froogt jümmer wedder, of ik Gewicht verleren much – utverschoomt, mit Giga warr ik eenfach nich warm.
Harry Hartmann vertellt mi sogor ganz intime Details vun sien Ehe, dor is woll no twölf Johr de Luft rut, schrifft he, un dat he nu so'n Middel harr, womit he nu nich blots so heet, sünnern sik nu ok eennich wedder so föhlt as 'n ›Hartmann‹.
Un Charly Fletcher, de froog mi sogor, of ik Geld bruken do.
Ik heff em denn sofort de Adress vun mien Fründ

›Franklin Templeton‹ un vun all den annern ›dynamischen Wachstums‹ geven, de bruukt jümmer Geld, heff ik em schreven.
Is al schöön, so vele gode Frünnen to hebben! Over köst ok 'n Masse Tiet, dat segg ik jo!

Kontaktallergie

Kinners dat is echt de Homer!
Ik sitt in mien Lieblingscafé, un heff mi 'n Zeitschrift mit an'n Disch nohmen, bestell mi 'n Koffie, dink an nix Schlimmet, de Sünn schient, de Koffie kummt, ik schloog de Zeitschrift op, un wat springt mi dor as eerstet in de Mööt? 'n grootet Bild vun'n Klopapierrull un de Överschrift: ›Liebesglück scheitert oft am Klopapier‹.
De Hälfte vun mien Koffie pruusch ik direkt in de Zeitschrift rin, de annere Hälfte löppt mi jichtenswo den Hals dol, un mien Ogen stoht mi meist 5 cm wieder rut as se dat sünsten dot. Wat is dat denn nu wedder?
Se schrievt hier, dat – ja, düttmol sünd dat inglische Wissenschaftlers – also dat de rutfunnen hebbt, dat so'ne Beziehung an veele lüttje Niggelichkeiten kaputt geiht ... wenn he sik in de Nääs puhlt, ode se to lang för ehr Klederschapp steiht ... wenn he sien Hanndook op de Eer liggen lett un se em jümmer ›Hasi‹ nöömt, wenn de annern dorbi sünd ... dat allens föhrt dorto, dat Mann un Fruu jichtens allegisch op'n anner reageert.
De Forschers seggt: eerst kummt de ›Entromantisierung‹ vun 'n Beziehung, un denn warrt dat 'n richtige Kontakt-Allergie.
Ik pack mien Zeitschrift nu eerstmol dol, un fang

an to överleggen, wat ik in mien Beziehung woll allns verkehrt mook. Un dor fallt mi doch eenfach nix in.
Un denn överlegg ik wieder, wat he in unse Beziehung wull allns verkehrt mookt, un dor fallt mi soveel in, dat ik ok sofort mien Arms un Fööt ünnersöök, of dor al wat to sehn is, of dor bi mi al wat jöcken deit, of ik dor al jichtenswo allergischen Utschlag krieg … nix, nix to sehn!
Puh!
Se schrievt sogor, dat dat eegentlich nich utblifft, dat 'n sik jichtens op'n Sack geiht. Over worüm seggt se denn jümmer, en schall op den Richtigen töven? Bit nu harr ik jümmer 'n Barg Spoß mit den Falschen!
Ik bestell mi 'n örnich Stück Torte un lees mien Zeitschrift wieder.
Ganz an't Enn keem dat Krüzwort-Rätsel. Dat harr over al en ferdich mookt.
Un weet ji, an wat ik markt heff, dat dat 'n Mann mookt harr?
Bi ›Lebensgemeinschaft mit 3 Buchstaben‹ stunn dor: ›OBI‹.

De leste Männebastion

Wi Fruuns, ne, wi sünd würklich unminschlich. Schall ik jo mol wat seggen? Ik much vendoog keen Mann mehr ween!

So'n Mann, de weer jo eegentlich mol vun't Kunzept her, ne, also as Idee, dor weer de eegentlich mol ganz goot dacht, blots he is uns in de Praxis jichtens ünnerwegens mol kaputt gohn!

Un wi Fruuns, wi sünd dor Schuld an! Wiel wi em jümmer rinquatscht hebbt mit unsen ganzen ranzigen Emanzipationdreck.

Eenmol seggt wi, he schall so un so ween, denn seggt wi, nee doch nich, he schall lever jüst ümgekehrt ween ... rin in de Kantüffeln, rut ut de Kantüffeln, un denn fung he jichtens an to tillen, un nu is he kaputt, de arme Mann!

Un dat Schlimmste is, nu nehmt wi em ok noch de leste Männebastion, de so'n Mann överhaupt noch hett ... sien Football!

Wiel wi jümmer överall mit achteran mööt: »Oh, ich will auch mit!« nu geiht he dor al lever gor nich mehr hen!

Kinners, so'n Mann, de will nich mit uns Fruuns no'n Football hen! Dor will he alleen hen, mit siene Kumpels! Dat mag he uns blots nich seggen, wiel he bang is, dat dat denn wedder Arger in't Huus gifft!

Un denn lett he dat lever ganz ween mit den Football. Un nu hett he nämlich blots noch sien Vadderdag, un ik segg jo wat, den mookt wi em ok noch kaputt! Dat schafft wi ok noch!
Un wat is dat schood, düsse Sünnovend un sien Football, dat is doch so wichtich för em ... un för mi!
Wenn he Middoogs hektisch sien ›Dauerkarte‹ söcht, mi tominnst dree mol luut anbölken deit: »Wo hast DU die wieder hingelegt ... die lag doch IMMER hier ... IMMER musst DU alles wegräumen« ... bit he se denn jüst dor finnen deit, wo he se lesten Sünnovend loten hett ... in sien Regenjack!
Un wo he sik al Klock een sien School üm'n Hals hangt un dormit bit Klock twee dör de Wohnung tigert ... un mi luut, ohn dat ik dorno froogt harr, vertellt, dat he sik vendoog 'n beten wat ehrder mit siene Kumpels dropen deit, wiel dor kümmt jo Werder Bremen, un de sünd jo blots veer Punkte ... un so wieder ... un so wieder ... un jichtens fallt denn de Döör achter em to, un denn loot ik em lopen, alleen!
Un jüst dat is nämlich ganz, ganz wichtich för de Sozial-Hygenie vun so 'ne Beziehung. Dat he dor mol wat hett, wo he sik gohn loten kann, wo he bölken un blarrn un schimpen un supen kann. Dat he weenichsens för'n Momang wedder weet, wo he as Mann eegentlich mol dacht weer.
Un wenn Football vörbi is, denn kummt he no Huus un steiht rootbackich, glücklich un innerlich oprüümt vör mi!

Un dorüm mutt so'n Mann dor alleen hen, no'n Football … un wenn wi Fruuns meent, dat wi unbedingt wat mit em tohoop moken mööt, denn meld wi uns schön mit em to'n Danzkurs an.
Ik glööv sowieso, dat wenn wi Fruuns unsen Busen nich vörn, sünnern achter op'n Puckel sitten harrn, denn weern de Männe vendoog nich so verrückt no Football, denn weern de vendoog verrückt no ›Standarttanz‹, wetten?
Dor hett de Football echt noch mol Swien hatt! Un de Evolution hett sik bestimmt wat dorbi dacht … bi den Busen … un bi den Football!

Adrian

Mien Fründ is vör'n Tiet no Bonn trocken, un ik bün wedder Single. Also nich so richtich, wiel wi sünd jo noch tohoop.

Also wenn ik em bruuk, denn is he dor, un ümgekehrt natüürlich jüst so: Wenn ik em nich bruuk, denn is he ok nich dor.

Un denn bün ik Single. As he uttrocken is, dor heff ik eerstmol düchtich blarrt, de Wohnung weer opmol so groot, un he so wiet weg, un denn sien lerriget Zimmer …

Dat duur so … na, och, 'n ganze Tiet, also tominnst twee Doog … dor güng mi dat allmählich wedder beter …

Dor weer ut sien Zimmer al mien niegen ›begehbaren Klederschrank‹ worrn, mit 'n richtich groten Spegel un 'n riesiget Schohregol, un mit Adrian dor binnen! Adrian sitt in Levensgrötte op'n Sofa vun mien niege ›Single-Foto-Tapete‹. Adrian is üm de dörtig, höört mi stünnenlang to, seggt over sülvst nix. Dat gefallt mi. He süht goot ut, is anspruchslos, kleit nix vull un – ganz wichtich – he is ›abwaschbar‹!

Gegen Adrian kannst mol gegenpetten, wenn di dorno is un wenn du mol mit 'n Glas no em schmieten deist, denn müsst ok nich bang ween, dat dor wat wedder trüch kummt.

Ik heff mi an dat Single-Leven-op-Tiet ganz goot wennt.
In mien Supermarkt, ne, dor gifft dat nu sogor al ›Zwergananas für Singles‹, ›Für Singles‹ … stünn extra dorbi! Heff ik mi glieks 5 vun in'n Wogen packt!
»Die haben wir aber immer frisch da«, seggt de Fruu an de Kass …
»Ja«, segg ik, »aber eine is ja wohl nur was für'n hohlen Zahn …«
»Ja«, seggt se, »aber 5 Stück sind 10 mal so teuer und genauso schwer wie zwei von den Großen«.
»Die Großen sind aber nich für Singles«, segg ik, schmiet mien Kopp no achtern un treck so half beleidigt af.
De is doch blots neidisch, dink ik, as ik heel ferdich mit mien Lodung Zwergananas no Huus koom, un luut ropen do: »Ich bin wieder da!«, dormit Adrian ok bescheed weet.
Mannigmol, wenn mien Fründ seggt, dat he wedder no München trecken will, denn warrt mi ganz anners. Denn sehg ik miene schöönen, niegen Schappen un mien Designer-Schohregol al op'n Böhn stohn un vör sik hengammeln … jüst so as mien groten Vörrot an Zwergananas un noch veel schlimme, Adrian! Den kann ik denn ok wedder vun de Wand kratzen.

Vun Minschen un Diamanten

De ganze Diskussion fung an, as ik mien Frünnen Harm, Helge un Andrea in Bremen besöcht heff, un wi ovends tohoop op'n Dack sitt un grillt.
Jichtens keemen wi vun't Grillen op Krankheiten, ode beter seggt op ›Nichtkrankheiten‹. Un wi frogen uns, of nu Hitzewallungen in de Wesseljohrn eegentlich 'n Krankheit sünd, de de Kass betohlen mutt.
Ode afstohende Ohrn, froog ik, un kiek Harm an.
Ode 'n Glatze kriegen, seggt Andrea, un kickt ehrn Fründ Helge lang an.
Ode ›Cellulitis‹, seggt Harm un kickt mi un Andrea dorbi an.
Of dat nu woll allns Krankheiten sünd, de de Kass betohlen mutt, froogt wi uns, ode sünd dat blots Pseudokrankheiten, de de Kass ruineert?
Un wat is woll mit ›Potenzprobleme‹, froogt Andrea un ik gliektiedich, un kiekt dorbi beide lang in unse Beer.
Woso kann sik so'n 70 johrigen Opa nich eenfach seggen: So nu is over mol goot, ik bün nu 70, ik stoh nu to mien ›Alterslustlosigkeit‹, de heff ik mi verdeent, anstatts sik dör Viagra wedder dorhen to puschen, wo sien Libido al lang nix mehr to söken hett, froog ik.

Wat is mit Tronensäcke? Falten? Jetlag? Un vör all mit Dummheit, sünd dat Krankheiten? frogen Harm un Helge in Wessel, un kiekt dorbi ok in ehr Beer, to'n Glück, sünsten harr de schööne Grillovend woll hier sien Enn funnen.

As wi denn wat loter vör unse Würstchen seten un an't Eten weern, vertellt Helge, dat man jo nu ut de Asche vun sien dootbleven Angehörige Diamanten pressen loten kann.

»Ach, wie das denn«, froog ik mit vullen Mund, un frei mi, dat he ›Diamanten‹ un nich ›Grillwürstchen‹ seggt hett.

»Kohlenstoff«, seggt he, de Minsch besteiht jo to'n Deel ok ut Kohlenstoff, un Diamanten even ok. Un dat gifft nu 'n Firma in Ingland, de nimmt de Asche vun so'n doden Minschen, mookt de hitt un presst dor denn 'n Diamanten vun.

»Un denn«, froog ik.

»Schmuck«, seggt Andrea, ok mit vullen Mund.

Un ik stell mi vör, wo de Mann denn in't Huus sitt, op sien Diamantenring kickt un seggt: »Früher warst Du meine Perle, nun bist Du mein Diamant!«

»Kann man das bezahlen?«, froog ik, un funn sofort Gefallen an de Vörstellung, so as Diamant-Ring op den Finger vun mien' Mann to sitten … veel mehr Gefallen, as in so'n Kist ünner de Eer to liggen un gor nix mehr mit to kriegen …

»Kost meist 4000 Euro, so'n Ring«, seggt Harm, de dat ok leest harr.
»Das is mir zu teuer«, meent Helge un kickt Andrea an. »Aus Deiner Asche würde ich 'ne Sanduhr machen … dann hättest Du endlich die Figur, von der Du immer geträumt hast!«

Sport is Mord

Dörtig Grod hier in München, ik heff all de Finsters op reten un kann't meist nich utholen. Nich blots wiel dat so hitt ... nee, sünnern wiel dat so luut is.
Ik wohn hier direktemang an'n Altstadtring ... un dat hööрт sik jümmer so gemütlich an, ne? Altstadtring! Is dat over nich!
Un bi schöön Weder noch weeniger. Denn koomt se dor anjoogt mit ehre Cabrios, lude Musik an ... wumwumwum-zingzingzing-wumwumwum ... un föhlt sik mit ehre quietschenden Reifen as Michael Schumacher, un ik froog mi, woso is Autofohrn överhaupt mol 'n Sport worrn? Also Formel-1-Rennen? Dor beweegt sik doch nüms? Blots düsse opmotzten Autos.
Un de groten Jungs, de dor binnen sitt, speelt dat Speel: keen an'n gauesten in'n Kreis föhrn kann ohn rut to flegen!
De eenzige Momang, wo so'n Rennfohrer denn doch mol in't Schweten kummt is doch de, wenn he düsse riesige Champagner-Buddel schütteln un dorno billige Boxenluders afknutschen deit.
Un woso kickt eegentlich nüms Angeln? Dat is doch ok 'n Sport?
Woso sitt wi eegentlich nich all Sünnovends för'n Feernseher un kiekt Angeln? Wett-Angeln!
Dat stinkt nich, mookt keen Krach un kost nix. Un

ik kunn hier boven schöön vör mien open Finster stohn un tohoop mit mien Lungenflögel op den lerrigen Altstadtring winken.
Hebbt ji wüsst, dat sik in Dörschnitt een Rennfohrer in'n Johr dootjoogt?
Nöömt 'n dat also nu Sport, wiel dat so gefährlich is? Wiel Winston Churchill mol seggt hett: »Sport ist Mord«?
Un denn is dat jo ok nich blots luut un stinkich, dat is jo ok noch so langwielich, wiel jümmer de sülve winnt.
De ganzen lesten Johrn doch jümmer Schumacher.
Wenn se sik dor weenichsens mol wat infallen loten harrn, dat dat 'n beten wat spannender worrn weer.
Dat se dor mol niege Regeln opstellt harrn. Sowat as: wenn een fokener as dree mol achtereenanner wunnen hett, denn mutt he dat veerte Mol mit'n Trecker gegen de annern fohrn.
Ode se schickt in so'n Rennen mol 'n beten Gegenverkehr rin, dat dat wat echte warrt.
Ode se harrn den Schumacher domols 'n poor Gewichte achtern ranhungen … villicht sien Broder Ralf … ode noch beter, de Fruu vun sien Broder Ralf. Dor kunn' se gliek mol testen, wo sik Silikon woll so bi 200 h-km verholen deit …
Un wenn dat denn jümmer noch nich holpen harr, denn harrn se den olen fetten Flavio Briatore eenfach ok noch mit achtern ranhungen!
Denn harr ik domols bestimmt ok tokeken … un Heidi Klum bestimmt ok!

Wenn de Dschungel röppt

Jüli röppt mi an un seggt: »Ina, Du müsst dat Dschungel-Camp kieken, dormit wi doröver schnacken köönt. Regina un Uta kiekt dat ok«, seggt se, »denn hebbt wi wat to schnacken«, seggt se noch mol.

»Jüli«, segg ik, »nein Danke«, segg ik.

Ik heff al dat eerste Mol den Dschungel nich keken, wiel ik mi vörher seggt heff: irgendwann ist Schluß!

Ik heff ›Popstars‹ keken, ik heff ›Deutschland sucht den Superstar‹ keken un ik heff dat eerste Mol ›Big Brother‹ keken.

Nu will ik eenfach nich mehr! Ik will mi dormit nich mehr belasten, dink ik, un en mutt ok nich bi allns mitschnacken!

Ok hett doch jichtens so'n kloken Minschen mol seggt: Schweigen ist auch eine Form von Leben, und nicht die schlechteste Alternative!

An'n neegsten Ovend röppt Uta an: »Guckst Du Dschungel-Camp?«

»Nein«, segg ik, »Uta, kiek ik nich. Un Morgen ok nich un Övermorgen ok nich!«

So, un as denn 4 Doog dat Telefon gor nich klingeln dä, dor harrn se mi sowiet! Blooots Schwiegen un dorbi sozial to verkröppeln, dat geiht ok nich.

Also kiek ik nu ok! Den Dschungel, jeeden Ovend!
Oftins sogor mit 2 Telefonhörers an'ne Ohrn ...
Wi lacht över den grenzdebilen Harry Wijnford.
Wi froogt uns, of de Maden, de se dor eten dot, woll ünner de feucht warme Perücke vun Naddel zücht warrt.
Over an'n meisten lacht wi över Desiree Nick!
Vele hebbt de jo vörher gor nich kennt, vör de dor in'n Urwald gohn is. Dorbi is de jo al lang in't Geschäft.
Mi hett jüst en vertellt, dat de ehre Karriere jo anfungen hett as ›Suppenhuhn‹ in de Tasch vun Gottlieb Wendehals. Un stimmt, ik kunn mi glieks besinnen!
... hier fliegen gleich die Löcher aus dem Käse!
Un nu sitt se dor, Fruu Nick, in'n Dschungel, wohrschienlich op den Zenit vun ehr Karriere un fritt Mecken un rohe Kängeruh-Hoden!
Un ik kiek ehr dorbi to un schoom mi!

Schöönheit vergeiht, Hektar besteiht

Wenn en, so as ik, as Fruu meist veertig warrt, denn is dat eegentlich nich so schlimm, reegt over doch so 'n beten to'n Nodinken an.
Dat Öllerwarrn an sik gefallt mi ganz goot, blots wenn all ümto anfangt to pieren, wiel en noch nich verheiroot is ... dat hett mi jümmers richtich belast.
Wat weer dat jeedeenmol gruuselich för mi, wenn ik mol wedder to 'n Hochtiet inlood weer. Un wenn denn de olleren Tanten, Bekannten un Omas ankeemen, un mi so kört in de Siet knuffen dään un denn seggen dään: »Du büst de Neegste!«
To'n Glück hebbt se dormit ophöört ... siet ik op Beerdigungen jümmers dat sülve to jem segg.
Villicht weer ok allns anners koom, wenn ik domols mol no so'n Hektarball hen gohn weer. Villicht weer ik denn al lang verheiroot.
Hebbt ji so'n Ball mol mitbeleevt?
Dor hungen sik de nich verheiroden Jungbuurn un Bäuerinnen so Schiller üm 'n Hals, wo de Hektartohl vun den Hoff opstünn ... un denn worr danzt un sopen ... nich lang schnacken, Kopp in'n Nakken ... un ik kann mi dat richtich goot vörstellen, wo dor de muulfuulsten vun de Jungbuurn so an'n Tresen stünnen, in de een Hand dat Beer, in de an-

ner Hand ... den Kööm ... »Ich kann auch saufen, ohne lustich zu sein!«

Over kannst' seggen, wat du wullt, so een ›Veranstaltung‹ mookt jo Sinn.

Dor gung dat nich üm ›Äusserlichkeiten‹, as vendoog so oftins, dor tellen blots Fakten-Fakten-Fakten!

Un wenn dat Licht denn angüng, dennso lepen meisttiets de dicksten Buurn mit de dümmsten Kantüffeln no Huus hen!

Jümmer no dat Motto: Schöönheit vergeiht, Hektar besteiht!

Blots wenn du di as Buur dor nu vergrepen harrst, dennso harrst du düsse dumme Kantüffel meisttiets dat heele Leven an de Hacken. Un dorbi müsst du jo jüst as Buur vörsichtich ween, keen du di dor op'n Hoff hoolst.

Bi uns in't Dörp, dor weer mol 'n Buur, de hett op 'n Hektarball so'n richtige Emanze foot kregen un müss de denn heiroden.

De harr vun dor an överhaupt nix mehr to lachen!

Dat weer so schlimm, bi em op'n Hoff müssen sik nu sogor de Köh in'n Stall to'n Pinkel hensetten!

Wenn ik mol olt bün

Ik bün mol wedder bi Fränki, mien' Friseur, un ik harr mi man jüst dolsett un al de Zeitschrift to'n lesen rutsöcht, vun de ik jümmer seggen do, dat ik mi de niiiii nich köpen dä un ik hoff noch, dat Fränki glieks vörbischoten kümmt un seggt: »Schatz, Hööööllle heute, hast Du Zeit mitgebracht?«, dat ik weenichsens een vun de Zeitungen ok dörlesen kann.
He kümmt ok anschoten, over he hett sien lütten Utensilien-Rolli un sien Hocker al dorbi, sett sik hen un seggt: »Du? Liebelein? Sach mal Deine drei Lieblingstiere?«
»... hhhhh«, segg ik, un reeg mi jümmer noch över sien blödet ›Liebelein‹ op, wat ik eenfach nich mehr höörn kann ...
»Nee, nich nachdenken, einfach sagen«, seggt de Mann, de 'n ganzen Daag nix anners deit ...
»Fränki«, segg ik, »man kann nicht einfach ›sagen‹, ohne nachzudenken ...«
»Dooooch«, seggt Fränki, »kann man, los sach mal!«
»Drei Lieblingstiere«, segg ik, un versöök so Tiet rut to schinen ..., »ich sach mal Möpse, Kühe und Meerschweinchen ...« un denn fangt he dat Lachen an un meent, dat de Psychologen nu rutfunnen hebbt, dat dat eerste Tier, wat man seggt, man

sülver is, un dat man dat tweete Tier, wat man seggt, geern sülver ween much, un dat drütte Tier is dat, as en sien Fründ süht.
»Och«, dink ik, Mops un Koh, dat kummt woll hen, over mien Fründ is doch keen Meerschweinchen! Also ik sehg em doch nich as Meerschweinchen!
Bi'n besten Willen nich!
Mit Meerschweinchen, dor kenn ik mi ut!
Wenn ik mien Meerschweinchen fröher mol in mien Zimmer free rümlopen loten dä, denn knappern de mi allns kaputt, un de kunnen quieken un dorbi lopen un gliekstiedich ok noch Köttels moken.
Allns op eenmol. Dat kann mien Fründ nich. Dat weer mi jo opfullen, den loot ik jo ok free in de Wohnung rümlopen
Over op'n Kopp, dor kunn Fränki Recht hebben, dor süht he würklich 'n beten ut, as 'n Meerschweinchen.
»Guck«, seggt Fränki, »Freu Dich doch!« Bruce Willis, de worr sik jo nu siene Hoor klonen loten, wiel he jo sülvst meist keen mehr hett.
Dor nehmt se sien ›Haarwurzelzellen‹ un sprütt em de ünner de Kopphuut wedder rin, un … »Zack«, segg ik, »süht de ok ut as 'n Meerschweinchen, dat to oft in't Fitness-Center lopen is.«
Un as ik so mit mien Kopp över't Waschbecken hang, stell ik mi vör, wo de Welt woll so in dörtig Johr, wenn ik mol olt bün, utsüht.
Wenn se jümmer mehr Potenzmiddel erfinnen dot,

over jümmer noch nix gegen Alzheimer funnen hebbt, un wenn de Minsch jümmer öller warrt, over nüms mehr unse drütten Tään betohlt ...
Wohrschienlich loopt denn överall op de Stroten ole Lüüd rüm, de op'n Kopp utseht, as graue Meerschweinchen ohn Tään, de spitz sünd as Nachbars Lumpi, dat over sülvst gor nich mehr markt.

De Mangelerscheinung

Jümmer wenn ik wat vör heff un wo hen mööt, denn liggt wedder jichtenswo ’n Rucksack rüm. Mannigmol koom ik gor noch eerst ut’n Huus, wiel in de Mülltünn, ünnen vör de Döör, wedder ’n Rucksack funnen worrn is, ode ik mütt wedder rut ut de S-Bohn, wiel wedder en sien Rucksack vergeten hett, ode, un dat is dat Schlimmste, ik sitt an’n Flughoven, un warr mol even evakueert, wiel jichtenswo so’n Rucksack rümsteiht.

Ik weet al jümmer, wat passeert, wenn se an’n Flughoven dörseggen dot: »Der Fluggast, der seinen schwarzen Rucksack im Terminal 1 hat stehen lassen, wird unverzüglich zu seinem Gepäckstück gebeten!«

Un den kannst’ de ganze Wartehall sehn, wo se sik all gliektiedich de Hannen vör’t Gesicht haut, de Händis wedder anstellt un al mol ehrn ›Termin‹ in sünstwo anroopt, dat dat villicht doch nix warrt.

Kinners, dot mi ’n Gefallen!

Wenn ji jo ’n niegen – un dorto noch schwatten – Rucksack kööpt, schmiet den olen nich eenfach jichtenswo in de Tünn, loot den ok nich eenfach jichtenswo liggen, bitte, ik koom dor nich mehr gegenan.

Dat köst mi so veel Tiet … un Nerven!

Nehmt so'n olen Rucksack an besten mit no Huus un eet den op!
Denn kann dor nix passeern!
Ik sitt nu also evakueert an Flughoven un do dat, wat ik eegentlich meisttiets do: ik tööf! Wat al schlimm is. Noch schlimmer is over, dat ik dat vulle ›soziale Programm‹ üm mi rüm direktemang mit krieg, of ik dat will ode nich!
»Du hast ja auch so viele geplatzte Äderchen im Gesicht«, seggt de Mann to de Fruu, de blangen mi seet. »Du bist sowieso eher der Gefäßtyp, darum hast Du auch diese Krähennester an'ne Beine.«
»Krähenfüsse«, seggt de Fruu, un ik wunner mi, dat se nich mehr to seggen harr.
»Dann kommen auch bald die Krampfadern«, seggt he, »Du hast echt gravierende Mängel!«
Also, dat gifft dat jo woll nu nich! Woso seggt de Fruu nix?
Un as he no't Klo hen is, dor segg ik wat … to ehr: »Entschuldigung, dass ich mich einmische, aber die größte Mangelerscheinung, die Sie haben, die ist ungefähr 1,80 groß und ist grad auf dem Weg zum Klo!«

Vör de Sekerheitskuntroll

Annerdoogs stünn ik mol wedder op'n Flughoven vör de Sekerheitskuntroll in'n bannig lange Schlang un heff noch so dacht: Minsch, wat hebbt de Männe dat doch eegentlich goot! De treckt sik morgens ehrn Antoch an, un – zack – seht se goot ut.

Mookt jümmer 'n gode Figur un 'n schlanken Foot!

De Männe liegt nich, so as ik, nachts in't Bett un dinkt dor över no, wat se woll den neegsten Dag antreckt! Se koomt ok nachts nich ut'n Schloop hooch schoten, wiel se infallt, dat de rode Lieblingsbluus jo noch in de Wäsche liggen deit. Se stoht denn ok nich op, so as ik, un wascht dat Ding noch gau mit de Hannen dör un haut de Heizung örnich wat höger, dat de Bluus ok blots bit annern Morgen dröög warrt, üm denn an't Enn doch 'n annere antotrecken, so as ik!

So'n Mann, de hier vör de Sekerheitskuntroll steiht, de kummt morgens hooch un noch vör he överhaupt dinken kann, springt he in een vun sien söven graue Antööch … un ferdich.

Dat gifft eegentlich blots een Momang, wo so'n Mann in so'n grauen Antoch mol kört dat Gesicht verleert … un dat is hier, vör de Sekerheitskuntroll.

Wenn se dor to em seggt: »Bitte ziehen Sie das Jacket aus, und den Gürtel bitte hier in die Wanne rein, und Laptop ... Schlüssel ... Portemonai ...«
Denn kannst dat wohre Elend mol kört opblitzen sehn. Wo sien Moors in sik tosomen fallt, wenn Schlödel un Portemonai dor rut sünd, un de Jack dor jo ok nix mehr kascheern kann.
Wo de Büx mitmol hangen deit, wenn dor keen Gürtel mehr ümto sitten deit.
Düsse dree Minuten, wenn se nokieken dot, of he dor nich doch villicht Sprengstoff in sien Jack binnen sitten hett, de langt, üm mit antosehn, wo so'n Mann mol kört in sik tosomen sackt.
Wenn se denn keen Sprengstoff funnen hebbt, wat jo meisttiets de Fall is, un wenn he wedder allns an'n Mann hett, denn is dat – zack – as dör een ›Zauberei‹, allns wedder dor. De schicke Mann, in den grauen Antog, mit den schlanken Foot.
De Fruuns hier in de Schlang köönt over ok zaubern.
Nu dreegt de jo meisttiets keen Antogjacken. Nee, Fruuns hangt sik Pullis üm 'n Moors. Dormit kriegt se nich blots achtern den Moors, sünnern, dör den Knütten vun de Ärmels, ok noch vörn den Buuk weg kascheert.
Dat is 'n ›super Zaubertrick‹: kannst' achtern lang ruut hangen loten un müsst vörn dien Panz nich de ganze Tiet intrecken.
Un statts Laptop hebbt de Fruuns so groote Woterbuddels in de Hannen.

Ok so'n Pest, düsse Fruuns, de överall, wo se stoht un goht, düsse pisswarmen Woterbuddels mit sik rümschleept, un all fief Minuten 'n groten Schluck dor rutsuugt, wiel se mol jichtenswo leest hebbt, dat se dör kolet Woter drinken een Drüttel mehr an Kalorien verbruukt.
Un de dicksten Fruun hebbt jümmer de gröttsten Buddels. De verbruukt doch alleen dorför, dat se düsse pisswarme Brühe mit sik rümschleept een Drüttel mehr an Kalorien.
Dat ›2-Liter-Buddel-Model‹ hier vör mi inne Schlang ›entzaubert‹ sik jüst: se packt allns in'n Wann, sogor den Woterbuddel ... »Und den Pulli bitte auch«, seggt de Sekerheitsmann ...
Mien Gott, dink ik so bi mi, as of de Fruu woll nu den Sprengstoff in ehrn ›Zauber-Pulli‹ sitten hett!
De sitt doch achtern bi ehr in de Büx! Dat kannst nu doch goot sehn!

Kirschsaft ode Beer?

Ik stieg mol wedder in'n Fleger un vendoog liggt dor nich blots de ›Tageszeitung‹, nee, vendoog liggt dor ok noch den ›Playboy‹.
Dat is jo lustich, dink ik, un fang sofort, as ik sitten do, an to kieken, keen sik dor woll nu so morgens Klock 11 in so'n Fleger den ›Playboy‹ mit op sien Platz nimmt ... un, zack, sitt dor ok al een blangen mi, de sik dat Ding in'ne Zeitung rullt harr, un nu, wo he sik unbeobachtet föhlt, rullt he dat wedder ut un fangt an to lesen ... also to kieken!
Ik lach em an, he lacht wedder trüch, ik kiek lang op sien ›Playboy‹ un froog: »Na, wegen der interessanten Interviews?« ... He höört op to lachen, ik mutt noch mehr lachen un denn kiekt wi beide wedder dol, jeedeen in sien eegen Blatt!
Un as de Tofall dat nu will, lees ik in mien Zeitung ünner ›Wissen‹ de groote Överschrift:
›Auch Affenmänner sehen gerne nackte Hintern!‹
Ik müss so lachen un harr mien ›Playboymann‹ den Bericht geern glieks luut vörleest, over mi full jüst noch rechttietich in, dat ik düssen Mann eegentlich gor nich kennen dä un dat em dat nu so un so al pienlich noog ween weer, dat ik em op sien Zeitschrift anschnackt harr.
Vun Rhesus-Affen wüssen de Forschers bit nu

man blots, dat de absolute Experten sünd, wenn dat üm Fruchtsaft geiht.
Un överhaupt för Kirschsaft loot düsse Affen allns stohn un liggen.
Naja, allns nich ganz!
De männlichen Rhesus-Affen weern nämlich sofort dorbi, ehrn Kirschsaft her to geven, wenn man jem Biller vun ›paarungswillige Weibchen‹ wiesen dä. »Praktisch alle Affen-Männchen geben Fruchtsaft ab, wenn sie dafür ein weibliches Hinterteil zu sehen kriegen«, seggt de tostännige Neurobiologe in den Bericht.
As nu de Stewardess mit ehr Minibar anschoben kümmt, dor fangt för mi de Sposs jo eerst richtich an. Of sik de ›Playboymann‹ woll Kirschsaft bestellt? Un gifft dat den överhaupt in so'n Fleger? Ik bün so opgeregt un kann dat meist nich aftöven bit …
»Saft oder Bier?«, froogt se em. »Ich nehm 'n Saft«, seggt he, »im Bier sind mir zu viele weibliche Hormone, ich werd dann immer so sabbelich und kann nicht mehr einparken, und ihren Zeitungsbericht, junge Frau,« seggt he un kickt mi lang dorbi an, »den kenn ich schon. Den hab ich nämlich selber geschrieben!«

Logorrhoe

Ik sitt in Spanien in mien Hotel-Restaurant un will wat eten.
»Samma, hier meine Visitenkarte verteilen, hmm, Schatzi? Das wär 'ne Goldgrube, was?«, seggt de Mann, de tofällich mit mi an'n sülven Disch sitt.
›Schatzi‹, de blangen em seet, weer woll gode dörtig Johr jünger as he, un meist twintig Pund mogerer, as de Dörschnitt hier an'n Disch, un denn seggt ›Schatzi‹ mit vullen Mund: »Boah, echt, das wär ja wohl geil ... aber am Strand wär noch besser, da die Visitenkarten verteilen, da sind die noch fetter als hier ...«
Woso koom ik eegentlich jümmer an so'n Disch to sitten, wo mi de Vörspeise al quer in'n Hals hangen blifft, wenn de eerste Minsch den Mund open mookt? Un denn froogt ›Schatzi‹ em: »Samma, welche Farbe hat das Fett eigentlich, wenn Du denen das absaugst?«
»Naja, so gräulich schimmert das«, seggt he.
»Mhhh«, seggt se denn, »aber wenn ich 'ne Hungerkur mach, ne, dann müsste doch meine Pipi auch gräulich schimmern, da is doch dann das Fett drin, und Fettaugen hab ich da auch noch nie drauf gesehen ...!«
So, nu langt mi dat!

Ik weer nu man jüst eerst bi de Vörspeise, over vör he noch antworten kunn, weer ik op'n Schlag satt. Ik leet, so luut, as ik dat kunn, mien Mess un Govel op'n Töller fallen, segg noch gau tschüss to mien Fisch, stünn op, trock, so goot as dat man güng, mien Buuk in, de to'n Glück vun dat weenige Eten noch nich ganz so vull freten weer, un leep weg, vör ik hier an'n Disch de Eerste weer, de vun em sien Visitenkoort tosteken kreeg.

Un noch in't Rutgohn fallt mi dat Woort wedder in, wo ik even an'n Disch de ganze Tiet no söcht harr: Logorrhoe.

Dat harr ik annerdoogs in de Zeitung leest.

Logorrhoe is de niege Süük in Düütschland!

›Übersteigerte, dümmliche Schwatzhaftigkeit!‹ heet dat översett.

Of de vun'ne Zeitung woll weet, dat de Düütschen dat nu ok al no Spanien schleept hebbt?

Un of ik mol in't Tropeninstitut in Hamborg anropen schall?

Dat kunn 'n Epedemie warrn.

Ik meen in Thailand hebbt se domols veertig Millionen Höhner afmurkst. Prophylaktisch. Un de blöde Hehn dor even an'n Disch, de weer wiss al infizeert.

Ik harr sogor den Indruck, bi de beiden weer de Virus al mutiert.

Dor weer dat al mehr so'n ›Geistige Diarrhö‹. Un ik wüss man nich, of mien Kohlekompretten, de ik dorbi harr, of de dorgegen hölpen dään.

Sünsten harr ik jem de hier venovend jo al mol ünner't Eten mischen kunnt. So as man dat mit de Tabletten för de Hunnen un Katten deit, wenn de Wörms hebbt. Eenfach in de Mettwuss rin stoppen un denn loot jem dat man freten.

»Willkommen im Club!«

Ik koom jüst ut'n Urlaub. Vun de Kanaren. Un dor heff ik mienen eersten Club-Urlaub mookt. Ganz alleen. Beides – Club un alleen – harr ik noch ni nich mookt, over de Fruu in't Reisebüro hett meent, dat is genau dat, wat ik söök!

Nich so gruselich un anonym, as alleen in'n grootet Hotel, wo dat womööglich 'n Week duurn kann, bit se mi find't, wenn mi mol en ümbröcht hett, un nich so anbaggerich un discothekich, so dat du dien Roh hebben kanns … wenn du wullt!

Un wat schall ik jo seggen? Een mol un ni wedder!

Alleen al de Zimmer: spanisch, spartanisch!

»Ja«, seggt de Fruu an de Rezeption, as ik no wat puscheligeret frogen dä, »dat is extra so, dormit en nich toveel in sien Zimmer rümhangt, sünnern sik wat mehr an de Animateure ranhangt!«

Ik wull mi over nich an jichtenseen Animateur ranhangen. Wenn överhaupt, denn wull ik mi an den Tennislehrer ranhangen.

Over dor hungen al so veele an, dat ik eegentlich blots noch mien Roh hebben wull.

Dat duur ok nich lang, bit ik rut harr, dat eegentlich blots Witwer, Witwen un Minschen, de unbedingt Kontakt söökt, hier Urlaub mookt.

Egool wo olt, un egool of körperlich, geistig ode verbal!
Jeedeen söcht wat anners. Over Kontakt söökt se all!
Blots ik nich!
»Oh, so jung und schon Witwe …«, kunn ik dat in de Ogen vun de Fruuns lesen, as ik an'n eersten Ovend to'n Eten rinkeem.
»Sieht gar nicht so aus wie eine, die keinen abgekricht hat«, kunn ik dat in de Ogen vun de Männe lesen, as ik an'n tweeten Ovend to'n Eten rinkeem.
An'n drütten Ovend sett ik mit'n 60 johrigen Mann an'n Disch.
Ik wull nich mehr bi de Ehepoore an'n Disch sitten, wo mi de Fruuns jümmer mit düssen ›Das ist meiner, such Dir selber einen‹ Blick ankieken dään.
›Mien‹ 60 johrigen weer nett over langwielich, schwärm vun mien rode Hoor, de grau sünd, vun mien blaue Ogen, de bruun sünd, vun mien lustigen Ruhrpott-Dialekt, de ehrder noorddüütsch is, un as he mi frogen dä, of ik Ieswürfel in mien Rootwien hebben much, un ik em trüchfrogen dä, siet wann en denn Rootwien mit Ieswürfel drinken deit, dor seggt he: »Oh, das ist Rotwein, entschuldigung, aber ich kann heut so schlecht gucken, ich hab heut so'n Fettfilm von'ne Sonnencreme auffe Augen« … »Und in'ne Ohren?«, froog ik … »Wie bitte?«, seggt he.
An'n veerten Ovend heff ik mi bi dree Fruuns mit an Disch sett.

»Und?«, versoch ik de Runde ’n beten wat optolockern, »die Männer mal schön zuhause gelassen?«
»Nein«, seggt eene vun de dree ’n beten wat bedrüppelt, »unsere Männer sind tot!«
Un mi bleef de ›Los Forellos de Mülleros‹ so lang quer in’n Hals sitten, bit eene vun de dree Fruuns anfung to lachen un seggen dä: »Och, macht nix, das ist dem Herren mit dem Fettfilm auffe Augen auch schon passiert!«
Un so worr dat doch noch ’n richtich lustigen Ovend in’n Club.
Ik mit miene dree Witwen ... »Prost«, reep eene vun de dree un wi drunken eerstmol ’n örnichen Rootwien ... op Ies!
Willkommen im Club!

Ina Müller

Platt is nich uncool.

Ina Müller erzählt eindeutig-zweideutig auf Platt; von sich, ihrem Alltag von Männern und Frauen und von allerlei, was beide gemeinsam oder eher doch nicht gemeinsam haben – voller Ironie und Selbstironie, frech, unverkrampft und ohne Tabus!

Mien Tung is keen Flokati

Ina Müller geht den ganz ›normalen Dingen‹ des Alltags nach. Sie hat ihren Mitmenschen aufs Maul geschaut, schreibt ironisch, gnadenlos bissig, aber nie ohne ein Augenzwinkern und einer gehörigen Portion Witz.

Platt is nich uncool.

Hörbuch: Live-Mitschnitt einer Veranstaltung!

Schöönheit vergeiht Hektar besteiht

Hörbuch: Live-Mitschnitt einer Lesung!